I Classici Illustrati

Alice

nel paese delle meraviglie

DoReMi è un marchio GRUPPO EDICART
Via Jucker, 28 - Legnano (MI) - Italia
Titolo originale: *Illustrated Classics - Alice's Adventures in Wonderland*
Copertina di *Joe Jones*
Illustrazioni di *Martina Peluso*
 - Stampato in Italia - La Tipografica Varese s.r.l.

L'editore ringrazia Vic Parker per il suo contributo
alla realizzazione di questo libro.

Pubblicazione inserita nel *Cataloguing-in-Publication (CIP)*
Programme della British Library.

Un ringraziamento particolare va a *Nataliia Litovchenko/Shutterstock*
per l'illustrazione di copertina.

www.edicart.it

I Classici Illustrati

Alice

nel paese delle meraviglie

Lewis Carroll

DoReMi

Sommario

Per tutto il pomeriggio dorato
senza fretta abbiamo navigato:
le nostre mani non sono abili,
le nostre voci si fanno labili,
mentre le braccia non sanno dare
l'impulso necessario a remare..

Barca crudele! Per ingannare
il nostro lungo giorno sul mare
le mie bambine vogliono udire
la favoletta che sto per dire.
È possibile dire di no
a tre bambine? Dir non lo so.

La prima ordina: –State attente!
E tu comincia! – dice impaziente.
La seconda, con tono cortese:
– Ti prego, non tenerci sospese.
La terza, piccolina com'è,
m'interrompe con tanti – perché?

D'un tratto le voci sono spente
e le bimbe si fan più attente:
Alice se ne va tutta sola.
Le bimbe son senza parola.
Alice è in una terra incredibile
incontro a un'avventura impossibile.

E la storia continua.
Ma ormai non ho più fantasia.
– Non la sai? – mi chiedono le bimbe insistenti
con occhi che mi fissano attenti.
– Il resto ve lo dico più tardi.
– No – rispondono. – È ora più tardi.

Così è nata la storia d'Alice,
lentamente, in un giorno felice,
in una barca sola sul mare,
quando il tempo dovevo ingannare.
E ora che la favola è pronta
torniamo mentre il sole tramonta.

La favola d'Alice rimane
come un sogno di cose lontane,
come un dolce ricordo gentile
chiuso nella memoria infantile,
come l'odore di rosmarino
ch'è nella veste del pellegrino. –

Nella tana del Coniglio

Alice cominciava a essere veramente stufa di star seduta senza far nulla accanto alla sorella, sulla riva del fiume. Una o due volte aveva provato a dare un'occhiata al libro che sua sorella stava leggendo, ma non c'erano né figure né filastrocche. – Che me ne faccio d'un libro senza figure e senza filastrocche? – pensava Alice.

A dire il vero non era possibile pensare molto, perché faceva così caldo che Alice si sentiva tutta assonnata e con le idee confuse: adesso si stava chiedendo se valesse la pena di alzarsi a raccogliere fiori per fare una ghirlanda di margherite, quando ecco che improvvisamente le passò proprio davanti un Coniglio Bianco con gli occhi rosa.

La cosa non sembrò *troppo* strana, ad Alice. Non le parve neppure *troppo* strano che il Coniglio dicesse tra sé: – Povero me, povero me! arriverò troppo tardi!

Nella tana del Coniglio

Solo in un secondo tempo, quando ripensò a questo fatto, Alice si rese conto che avrebbe dovuto meravigliarsene; sull'istante le sembrò addirittura una cosa naturale.

Però quando il Coniglio *tirò fuori un orologio dal taschino del panciotto* e, dopo avergli dato un'occhiata, affrettò il passo ancora di più, Alice balzò in piedi meravigliata perché ricordava benissimo di non aver mai visto un coniglio con un taschino nel panciotto e, per di più, con un orologio dentro questo taschino! Ormai era tutta presa dalla curiosità: lo rincorse attraverso il campo e per fortuna arrivò in tempo per vederlo infilarsi in una grande tana, sotto una siepe.

Un momento dopo Alice s'infilava nella tana dietro di lui: non le venne neppure in mente di chiedersi come avrebbe poi fatto a uscire....

Per un tratto la tana era diritta come una galleria, poi sprofondava all'improvviso, ma così all'improvviso, che Alice non fece neppure in tempo a pensare che era meglio fermarsi, perché si trovò subito a sprofondare lungo quella specie di pozzo veramente profondo. O il pozzo era molto profondo oppure Alice cadeva lentamente: il fatto certo è che lei, prima d'arrivare in fondo, ebbe tutto il tempo di guardarsi intorno e di chiedersi che cosa le stesse capitando. In un primo tempo cercò di guardare in basso per vedere dove stava andando a finire. Ma c'era troppo buio e non si vedeva niente. Allora guardò le pareti del pozzo e si accorse che erano piene di credenze e di scaffali. Da ogni parte si vedevano carte geografiche e quadri appesi ai chiodi. Alice prese a volo un barattolo da una credenza: sull'etichetta c'era scritto «MARMELLATA DI ARANCE».

Fu molto delusa quando si accorse che il barattolo era vuoto. Non voleva buttarlo, perché aveva paura che, cadendo, potesse ammazzare qualcuno sotto. Allora lo posò sopra un'altra credenza, mentre le passava davanti.

"Bene!" pensava intanto Alice. "Dopo una caduta come questa, un capitombolo lungo le scale mi sembrerà uno scherzo! A casa troveranno che sono proprio coraggiosa! Anzi sono sicura che non avrei paura nemmeno se dovessi cadere dal tetto di casa!"

(Questo, molto probabilmente, era vero.) E cadeva, cadeva, cadeva. Ma non finiva mai di sprofondare?

"Chissà quanti chilometri di caduta ho fatto finora!" disse

ad alta voce. "Ormai devo esser vicina al centro della Terra. Vediamo: sarebbero più di seimila chilometri di profondità, mi sembra..." (Alice aveva imparato parecchie cose come queste a scuola, e anche se non era certamente la migliore occasione per fare sfoggio della sua erudizione, dato che non c'era nessuno ad ascoltarla, era però un buon esercizio ripetere quelle cose).

"Sì, dev'essere proprio la distanza giusta. Però vorrei sapere il grado di latitudine e di longitudine che ho raggiunto!" (Alice non aveva la più piccola idea di che cosa fosse la Latitudine e tanto meno la Longitudine: però le piaceva dire queste due parole).

Poi cominciò a pensare ancora: "Chissà se attraverserò *tutta* la terra. Sarebbe divertente capitare fra la gente che cammina a testa in giù! Mi pare che si chiamino gli Antipati..." (Questa volta era abbastanza contenta che non ci fosse nessuno ad ascoltarla, perché la parola non le sembrava proprio quella giusta).

"Bisognerà che chieda a qualcuno il nome del paese, si capisce. Per favore, signora, questa è la Nuova Zelanda oppure l'Australia?" (Cercò d'inchinarsi con gentilezza, mentre parlava... pensate un po': inchinarsi educatamente mentre si cade attraverso l'aria! Ci riuscireste voi?) "Chissà che bambina ignorante penserà che io sono! No, è meglio non domandare; forse lo troverò scritto in qualche posto."

E cadeva, cadeva, cadeva. Non c'era niente da fare. Perciò Alice ricominciò a parlare.

"Credo che Dina sentirà molto la mia mancanza, stasera..."

(Dina era la sua gatta) "Spero che non dimentichino di darle il suo piattino di latte, quando sarà l'ora della merenda. Dina cara, vorrei che tu fossi qui con me! Non ci sono topi per aria, lo so, ma potresti acchiappare un pipistrello: somiglia molto a un topo, no? Chissà se i gatti mangiano i pipistrelli."

A questo punto Alice cominciò a sentir sonno e prese a parlare fra sé, come in dormiveglia: – I gatti mangiano i pipistrelli? I gatti mangiano i pipistrelli? – ripeteva. E a volte diceva: – I pipistrelli mangiano i gatti? – Infatti, poiché non era in grado di rispondere a nessuna delle domande, non dava molto peso alla maniera in cui se le poneva. Alla fine si accorse che si stava addormentando. A un certo punto cominciò a sognare di trovarsi a passeggio con la sua Dina, a braccetto, e di domandare alla gatta con molta serietà: – E adesso, Dina, dimmi proprio la verità: l'hai mai mangiato un pipistrello?

D'un tratto... Bum! Bum!, arrivò proprio al fondo e si trovò sopra un mucchio di foglie secche. Aveva finito di cadere.

Alice non s'era fatta niente e un attimo dopo era già in piedi. Guardò in alto, ma era tutto buio sulla sua testa. Davanti a lei c'era un altro lungo corridoio, in fondo al quale fece appena in tempo a vedere il Coniglio Bianco, che stava svoltando l'angolo. Non c'era un minuto da perdere. Alice si mise a correre come il vento e arrivò in tempo per sentirlo dire, mentre voltava l'angolo: – Per i miei occhi, per i miei baffi, s'è fatto tremendamente tardi!

Ormai Alice gli molto vicina, ma quando anche lei girò l'angolo, il Coniglio non si vedeva più. Alice si trovò in una sala bassa e lunga, illuminata da una fila di lampade che pendevano dal soffitto. Intorno alle pareti si vedevano parecchie porte, ma erano tutte chiuse. Fece un giro completo, cercando inutilmente d'aprirle, e poi si diresse tutta afflitta verso il centro della sala. Si chiedeva come avrebbe potuto fare per uscire da quel posto.

A un tratto vide un tavolino a tre gambe, tutto di vetro, sul quale non c'era altro che una piccolissima chiave d'oro. Alice pensò subito che quella fosse la chiave di una delle porte.

Invece non era così: o la chiave era troppo piccola, oppure le serrature erano troppo grandi; la cosa certa era che nessuna porta si apriva. Provò a fare il giro della stanza un'altra volta e a un tratto si trovò davanti a una tendina che prima non aveva visto; dietro c'era una porticina alta quasi trenta centimetri. Provò a far entrare la piccola chiave d'oro nella serratura e fu proprio contenta di vedere che si adattava benissimo. Alice allora aprì la porticina: dava su un piccolo corridoio, non più grande della tana d'un topo. S'inginocchiò e, in fondo al corridoio, vide il più bel giardino che si possa immaginare. Allora le venne voglia di uscire da quella stanza oscura e passeggiare fra quelle aiuole fiorite, fra quelle fresche fontane. Ma attraverso quel buco non poteva passare nemmeno la sua testa.

"E anche se ci passasse la testa..." pensava la povera Alice "...a che mi servirebbe senza le spalle? Dovrei essere capace di ritirarmi come un telescopio! Forse ci riuscirei, se sapessi da dove cominciare."

Infatti, come voi sapete, le erano ormai successe tante cose straordinarie che Alice cominciava sul serio a credere che per lei non ci fossero cose impossibili.

Ora però era inutile restare ad aspettare davanti a quella porticina; perciò Alice tornò verso la tavola di vetro con la speranza di trovarci un'altra chiave o almeno un libro che insegnasse il modo d'accorciare la gente come si accorciano i telescopi. Invece trovò una bottiglietta (Alice era certa che prima non c'era) con sopra un cartello che diceva BEVIMI in caratteri di stampa grandi e belli.

BEVIMI era facile a dirsi. Ma la saggia piccola Alice non ebbe fretta.

– Prima – disse – guarderò bene se c'è scritto sopra "*veleno*". Infatti aveva letto un mucchio di racconti dove c'erano bambini bruciati o mangiati da bestie selvagge o che erano rimasti vittime di cose altrettanto spiacevoli, proprio perché non avevano voluto obbedire ai consigli delle persone grandi. Per esempio, i grandi dicono che un attizzatoio arroventato brucia le mani se uno lo tiene *troppo* a lungo; che se vi tagliate *molto* profondamente un dito con un coltello, il dito di solito sanguina; che se bevete il contenuto d'una bottiglia sulla quale è scritto "*veleno*", quasi certamente vi capita, prima o poi, di sentirvi male.

Ad ogni modo, su quella bottiglia *non* c'era scritto "veleno", perciò Alice si azzardò ad assaggiarla e la trovò molto buona. Il sapore e l'odore avevano qualcosa che ricordava la torta di ciliege, la crema, l'ananas, il tacchino arrosto, il croccante e i crostini caldi imburrati. Naturalmente la bevve tutta.

– Che strana sensazione! – esclamò Alice. – Sembra che io mi stia accorciando, come un telescopio.

Era proprio così. Adesso Alice era alta non più di venti centimetri. Il suo volto s'illuminò al pensiero che quella era proprio la statura che ci voleva per passare dalla porticina e arrivare in quel magnifico giardino. Però aspettò ancora un po' per vedere se continuava ad accorciarsi: si sentiva un po' nervosa, a questo proposito.

– Speriamo che la smetta – diceva tra sé. – Se continuo così, finirò per consumarmi tutta come una candela. E allora che aspetto avrei?

Cercò d'immaginare che aspetto ha la fiamma di una candela quando si è spenta, ma a dire il vero non le sembrava di aver mai visto una cosa di questo genere.

Dopo un po', visto che non succedeva più niente, decise di andare subito nel giardino. Ma che sfortuna! Quando si trovò dinanzi alla porta, si accorse che aveva dimenticato la chiave d'oro. Allora ritornò verso il tavolo, ma si accorse che non arrivava più a prenderla. Vedeva benissimo la chiave attraverso il vetro e fece molti tentativi per arrampicarsi lungo una gamba del tavolo, ma scivolava sempre. Provò diverse volte poi si sentì così stanca che si sedette per terra e cominciò a piangere.

– Ma perché piango? Non serve proprio a niente! – disse fra sé Alice. E dopo un po', con un tono deciso, aggiunse: – Ti consiglio di smetterla immediatamente.

Di solito Alice si dava degli ottimi consigli, però poi li se-

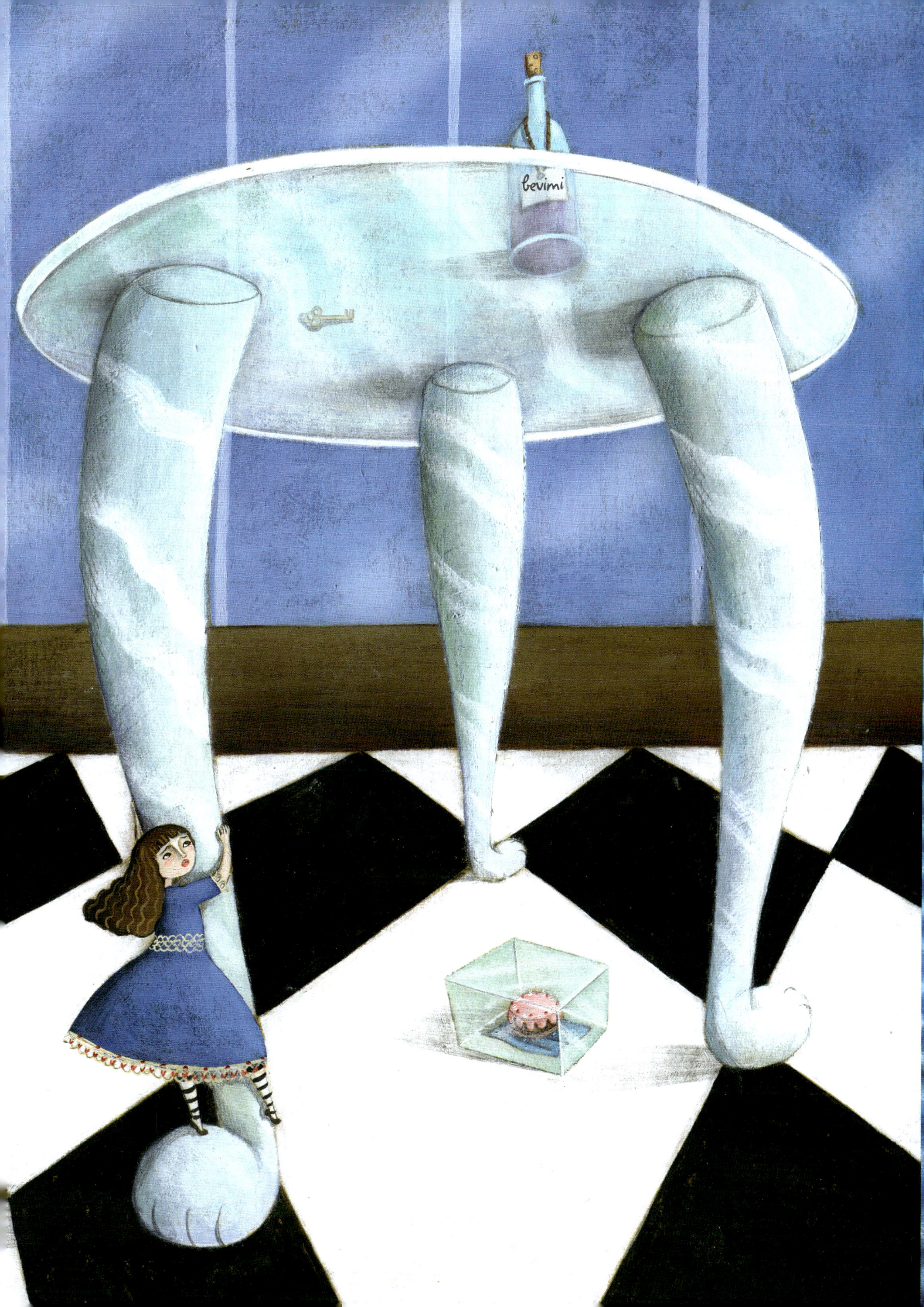
bevimi

guiva raramente. Qualche volta arrivava perfino a sgridare sé stessa, così severamente da farsi venire le lacrime agli occhi. Un giorno tentò addirittura di tirarsi gli orecchi perché aveva provato a imbrogliare sui punti durante una partita a croquet tra lei e lei stessa. Infatti questa strana bambina pretendeva a volte d'essere due persone.

"Ma ora..." pensava la povera Alice "...non mi servirebbe a niente fingere d'essere due persone. Di me è rimasto tanto poco, che basta appena a fare *una* sola persona che si rispetti!"

D'un tratto si accorse di una scatoletta di vetro che era sotto il tavolo. L'aprì e ci trovò un pasticcino sul quale era scritto con la crema: MANGIAMI.

– Va bene! – esclamò Alice. – Lo mangerò e, se mi farà crescere, vuol dire che riuscirò a prendere la chiave; se invece mi renderà ancora più piccola, passerò sotto la porta. In qualunque modo entrerò nel giardino e non m'importa di quello che succederà dopo.

Addentò un boccone e si chiese ansiosa: – Come divento, come divento?

Si teneva la mano sulla testa per sentire se la sua statura cresceva, ma restò molto sorpresa quando si accorse che era sempre la stessa. Come tutti sanno, non succede mai niente di strano quando si mangia un pasticcino. Alice però s'era ormai abituata a vedere solo cose straordinarie: adesso che andava tutto nella maniera normale, se ne sentiva veramente delusa. Intanto continuò a mangiare e poco dopo il pasticcino era finito.

CAPITOLO DUE

Un lago di lacrime

Stranissimo, molto stranissimo! – gridò Alice (era tanto meravigliata che in quel momento dimenticò perfino la grammatica). – Adesso mi sto allungando come il più lungo telescopio che sia mai esistito! Addio, piedi! – Infatti, quando guardò in giù, i suoi piedi le sembrarono sparire dalla vista, tanto si allontanavano da lei!

– Oh, poveri piedi miei! Chi vi metterà adesso le calze e le scarpe? Io non ci riuscirò, ne sono certa. Sarò troppo lontana per potermi curare di voi. Vi dovrete adattare come potrete... Però devo pensare anche a loro –, disse Alice tra sé – altrimenti non vorranno andare dove voglio io! Vediamo un po': gli regalerò un paio di scarpe nuove tutti gli anni, a Natale.

Così si mise a pensare in che modo avrebbe potuto dar loro le scarpe.

"Le spedirò per posta" pensò. "Sarà buffo davvero mandare

dei regali ai propri piedi! Immaginatevi l'indirizzo:

All'Illustrissimo Piede Destro di Alice,
Tappeto Davanti al Caminetto
(presso il Parafuoco)
(con le espressioni dell'affetto di Alice)

Povera me, che cose stupide sto dicendo!" In quel momento la sua testa urtò contro il soffitto. Aveva raggiunto ormai una statura di quasi tre metri e forse anche di più. Prese la chiave d'oro e si precipitò verso la porta del giardino.

Povera Alice! Questa volta non poteva far altro che buttarsi a terra e dare un'occhiata al giardino: non c'era speranza di poter attraversare la porta. Allora si mise a sedere e ricominciò a piangere.

– Ti dovresti vergognare di te stessa! – esclamò Alice. – Una bambina grande come te – (adesso aveva proprio ragione di dirlo) – che piange in questo modo! Smettila subito, te lo ordino! –

Però non smetteva lo stesso e versava lacrime su lacrime, finché intorno a lei si formò un vero laghetto che arrivava fino a metà della sala ed era profondo quasi dodici centimetri.

Dopo un po' Alice sentì un rumore di passi molto leggeri e non troppo distanti. Si asciugò gli occhi in fretta e vide arrivare il Coniglio Bianco, tutto elegante, con un paio di guanti bianchi in una mano e un grosso ventaglio nell'altra. Camminava in fretta e diceva fra sé: – La Duchessa! La Duchessa! Come sarà

arrabbiata perché l'ho fatta aspettare! – In quel momento Alice si sentiva così disperata che era pronta a chiedere l'aiuto di chiunque.

Perciò, quando il Coniglio le passò vicino, gli disse timidamente a bassa voce: – Per piacere, signore...

Ma alle sue parole il Coniglio ebbe un sussulto, lasciò cadere i guanti e il ventaglio e fuggì a tutta velocità, perdendosi nel buio.

Alice raccolse i guanti e il ventaglio e, poiché nella stanza faceva un gran caldo, cominciò a rinfrescarsi con il ventaglio. Intanto diceva fra sé: – Dio mio, quante cose strane succedono oggi. Invece ieri tutto andava liscio. Che sia stata scambiata, stanotte? Vediamo un po': quando mi sono alzata, stamattina, ero sempre la stessa? A ripensarci mi sembra di ricordare che mi sentivo un po' diversa... Ma se non sono la stessa, allora devo chiedermi: chi sono? Ecco, *questo* è il grande problema! – Alice cominciò a pensare a tutte le bambine della sua età che conosceva, per vedere se poteva essere stata scambiata con una di loro.

– Sono certa di non essere Ada! – esclamò. – Lei ha tutti i capelli ricci e lunghi mentre io di riccioli non ne ho affatto. Sono anche certa di non essere Mabel, perché io so tante cose e lei... sì, insomma, lei ne sa veramente poche! E poi, *lei* è lei e *io* sono io, e.... povera me, che confusione! Vediamo se so ancora tutte le cose che sapevo prima: quattro per sette... No, basta! Non arriverò mai a venti, in questo modo! Però la tavola pitagorica non ha molta importanza. Proviamo la geografia: Londra è la capitale di Parigi, Parigi è la capitale di Roma e Roma... No, no, è *tutto* sbagliato! Sono sicura che non è così! Vuol dire che sono stata scambiata con Mabel! Vediamo se ricordo quella poesia che dice: – *Il piccolo Coccodrillo.* Incrociò le mani sul grembo, come se stesse ripetendo la lezione, e cominciò la poesia. La sua voce era strana, profonda: le parole le venivano in un modo completamente diverso dal solito:

Il piccolo coccodrillo
che va tutto arzillo
con la sua coda bagnata
sporca la scala dorata.

E con le unghie e con i denti
afferra i pesci imprudenti:
prima stringe le mascelle
e poi ride a crepapelle.

– Non sono queste le parole giuste, ne sono proprio sicura – disse Alice. Allora i suoi occhi si riempirono un'altra volta di lacrime.

– Devo proprio essere Mabel. Bisognerà che vada ad abitare nella sua casa e così non avrò più i giocattoli. E chissà quante lezioni sarò costretta a imparare! No, ho deciso: se sono Mabel, resterò qui per sempre. È inutile che mettano la testa in questo buco e dicano: «Torna su, tesoro!» Io guarderò in alto e chiederò: - Chi sono? Ditemi prima chi sono: se mi piacerà essere quella che dite, verrò su. Altrimenti resterò quaggiù ad aspettare di essere diventata un altra... Però -, gridò Alice scoppiando in lacrime improvvisamente, - finiranno *davvero* per mettere la testa in questo buco? Sono *veramente* stufa di stare qui tutta sola!

Mentre diceva così, si guardò le mani e restò assai meravigliata nel vedere che, mentre parlava, senza accorgersene, aveva indossato uno dei guanti bianchi del Coniglio.

- Come *ho fatto* a infilarmelo? - si chiese. - Sono forse diventata di nuovo piccola?

Si alzò e si diresse verso il tavolo per misurarsi e rendersi conto dell'accaduto. Così si accorse che la sua statura era adesso ridotta a quasi mezzo metro e continuava a diminuire a vista d'occhio. Si rese subito conto che la causa di tutto era il ventaglio che teneva nella mano e lo lasciò cadere in fretta, appena in tempo per evitare di sparire completamente.

- Me la sono *cavata* per poco! - disse Alice, ancora tutta spaventata per quell'improvviso cambiamento, e contenta di essere ancora viva. - E ora andiamo nel giardino!

In tutta fretta s'avviò verso la porta; ma era veramente una disdetta!

La porta appariva chiusa di nuovo e la chiave d'oro era ancora sul tavolo di vetro, come prima.

"Oh, peggio di prima!" pensò la povera bambina. "Non sono

mai stata piccola come adesso, mai! Sono troppo sfortunata, ecco!" Aveva appena finito di parlare quando le scivolò un piede e, splash!, in un attimo si trovò immersa nell'acqua salata fino al mento. Il suo primo pensiero fu che, chissà come, doveva esser caduta in mare.

"In questo caso, tornerò in treno" pensò. (Alice era stata al mare una volta sola e s'era convinta che, su qualsiasi spiaggia si vada, vi si trovano immancabilmente dei bambini che scavano la sabbia con le palette di legno, una fila di villette e, dietro di queste, sempre la stazione ferroviaria.) Presto dovette accorgersi, però, che era caduta nel laghetto di lacrime che lei stessa aveva versato quand'era alta tre metri...

– Vorrei non aver pianto tanto! – esclamò Alice mentre nuotava per raggiungere la riva.

– Sarebbe terribile se dovessi annegare nelle mie stesse lacrime! Questa sì che *sarebbe* una cosa strana. Del resto, tutto quello che mi succede oggi è molto strano.

Proprio allora sentì qualcuno che si dibatteva lì vicino e gli andò incontro a nuoto per vedere di cosa si trattava: in un primo tempo l'animale che nuotava accanto a lei le sembrò un tricheco o un ippopotamo; ma poi si ricordò di essere molto piccola e allora si rese conto che si trattava di un Topo che, appunto come lei, era scivolato nel laghetto!

– Mi conviene parlare con questo Topo? – si domandò Alice.

– Quaggiù tutto è così straordinario che non sarei affatto meravigliata se il Topo mi rispondesse! In ogni modo, è sempre bene provare... - Senti, o Topo: sai dirmi la via per uscire da questo laghetto? Sono stanca di nuotare intorno! O Topo!

(Alice pensava che fosse questa la maniera più adatta per parlare a un topo. Non aveva mai fatto una cosa del genere prima d'allora, ma ricordava di aver letto nella grammatica di latino di suo fratello: il topo - del topo - al topo - il topo - o topo!). Il Topo la guardò incuriosito e Alice ebbe l'impressione che ammiccasse con uno dei suoi occhietti. Però il Topo non disse nulla.

"Forse non capisce la lingua..." pensò Alice. "Che sia un topo francese venuto qui al seguito di Guglielmo il Conquistatore?" (Alice aveva una profonda conoscenza della storia, però non riusciva a rendersi conto esattamente di quanto tempo prima si fosse verificato un avvenimento).

Allora provò a dire: - *Où est ma chatte?* - Infatti questa era la prima frase del suo libro di francese. A sentirla il topo fece un balzo fuori dall'acqua e cominciò a tremare per lo spavento.

- Oh, scusami tanto! - esclamò Alice in tutta fretta e pentita, perché temeva molto di aver ferito i sentimenti del povero animale. - Non ho proprio pensato che a te i gatti non piacciono!

- No. Non mi piacciono i gatti! - gridò con voce stridula e piena di emozione il Topo. - A *te* piacerebbero i gatti, se fossi al mio posto?

- Beh, forse no... - disse Alice con voce conciliante. - Però non arrabbiarti per questo. Ecco, vorrei farti conoscere la mia

Dina. Scommetto che, se la vedessi, cominceresti ad avere più simpatia per i gatti. È così cara, piccola e graziosa... – Adesso Alice parlava quasi fra sé, mentre nuotava pigramente. – Se ne sta a fare le fusa accanto al fuoco, si lecca le zampette, si lava il muso! È una cosa tutta morbida, graziosa... ed è veramente svelta ad acchiappare i topi!...

– Oh, scusa! – esclamò di nuovo Alice, perché questa volta il Topo aveva rizzato tutti i peli e si vedeva chiaramente che era rimasto offeso.

– Non parleremo più di questo, se preferisci così!

– Non parleremo! – gridò il topo che tremava dai baffi alla punta della coda. – Come se fosse possibile che io discorressi anche una volta sola di un argomento di questo genere! La nostra famiglia ha sempre *odiato* i gatti: sono disgustosi, meschini, volgari! Non voglio sentirne neppure pronunciare il nome!

– Neppure io – disse Alice e cercò in tutta fretta di cambiare argomento di conversazione. – Ti piacciono... ti piacciono... i.... i... cani?

Siccome il Topo non rispondeva, Alice continuò sicura di sé: – Ce n'è uno, vicino a casa nostra, tanto piccolo e carino che mi piacerebbe proprio fartelo vedere! Sai, è un terrier che ha sempre gli occhi lucidi e un pelo lungo, bruno, ricciuto! Corre sempre a riprendere le cose che uno gli getta! Poi si mette a sedere e aspetta la sua cena. Insomma, sa fare tante cose che io non ne ricordo neppure la metà. E sai, è di un contadino: lui dice che è molto utile e non lo venderebbe neppure per cento sterline! Dice che ammazza tutti i topi e.... Oh povera me! – esclamò Alice addolorata. – Ci sono cascata di nuovo. Ti ho offeso? – Ma il topo ormai s'era allontanato a nuoto, più svelto che poteva, tanto che l'acqua era agitata come se ci fosse una tempesta.

Alice lo chiamava dolcemente: – Topolino, topolino caro, ritorna, ti prego: non parlerò più né di gatti né di cani, se tu non vuoi.

A queste parole il Topo si voltò e cominciò a nuotare lentamente verso di lei; aveva il muso pallido (di rabbia, pensava Alice) e con voce bassa e tremante disse: – Andiamo a riva e ti racconterò la mia storia. Allora capirai perché odio i gatti e i cani.

Ormai era giunto il momento di uscire dal laghetto, che cominciava a popolarsi di uccelli e di animali d'ogni genere, caduti lì dentro.

C'era un'Anatra, un Dodo, un Pappagallo, un Aquilotto e diverse altre strane creature. Alice si mise alla testa della comitiva e tutti insieme nuotarono verso la riva.

CAPITOLO TRE

La corsa confusa e un racconto con la coda

Era davvero una strana compagnia quella che si raccolse sulla riva: uccelli con le penne inzuppate, animali con i peli appiccicati, grondavano tutti acqua e parevano tristi e sconsolati .

Il primo problema da risolvere era, a parere di tutti, di trovare il modo d'asciugarsi. Tennero sull'argomento una specie di consiglio e dopo pochi minuti Alice parlava già con un tono naturale e familiare a tutti quegli animali, come se li avesse sempre conosciuti. Ebbe perfino una lunga discussione con il Pappagallo, il quale appariva infuriato e seguitava a ripetere: – Io sono più vecchio di lei e conosco il mondo meglio di lei.

Su questo punto, però, Alice non era disposta a cedere senza almeno sapere che età avesse il Pappagallo. Ma siccome la bestia si rifiutava assolutamente di dirla, la discussione venne troncata. Alla fine il Topo, che sembrava una persona autorevole, chiamò tutti a raccolta e disse: - Sedetevi e ascoltatemi! Presto sarete tutti asciutti, perché adesso penserò io a seccarvi!

Tutti si sedettero in circolo intorno al Topo: Alice teneva gli occhi fissi e attenti su di lui perché sentiva che si sarebbe presa un bel raffreddore se non si fosse asciugata subito.

- Ehm! - cominciò il Topo dandosi una certa importanza. - Siete tutti pronti? Questo è il tono più asciutto che conosca.

Silenzio tutti, prego. Guglielmo il Conquistatore, la cui causa era favorita dal Papa in persona, sottomise rapidamente gli inglesi, i quali mancavano di capi e si erano ormai abituati alle usurpazioni e alle conquiste. A loro volta, Edvino e Morear, i conti di Mercia e Nortumbria...

– Uh! – disse il Pappagallo con un brivido.

– Scusi –, disse il Topo aggrottando le sopracciglia, ma molto educatamente, – che cosa ha detto?

– Io? Niente! – si affrettò a rispondere il Pappagallo.

– Mi era sembrato... – disse il Topo – ...che lei avesse parlato. Allora continuo. Come vi dicevo, signori, Edvino e Morcar, i conti di Mercia e di Nortumbria, si dichiararono favorevoli a lui; anche Stigand, il patriottico arcivescovo di Canterbury, trovò ciò consigliabile... –

– Trovò *che cosa*? – domandò l'Anatra.

– Trovò *ciò* – rispose il Topo, piuttosto seccato. – Immagino che il signore sappia che cosa significa "ciò".

– So benissimo che cosa significa "ciò", quando si riferisce a una cosa – disse l'Anatra. – Per esempio, *io* posso trovare un ranocchio oppure un verme. Ma adesso il problema è di sapere che cosa trovò l'arcivescovo, mi pare.

Il Topo fece finta di non aver sentito la domanda e si affrettò a continuare: – Trovò, ripeto, che era consigliabile andare con Edgardo Atheling a incontrare Guglielmo per offrirgli la corona. Ma se la condotta di Guglielmo fu dapprima moderata, l'insolenza dei Normanni...

– Come ti senti adesso, cara? – domandò rivolto ad Alice.

– Bagnata come prima – rispose malinconica Alice. – Questa storia non mi secca affatto.

– In tal caso – disse solennemente il Dodo, alzandosi in piedi, – propongo che la seduta si aggiorni per l'immediata adozione di più drastici provvedimenti...

– Parla chiaro! – disse l'Aquilotto. – Non ho capito neanche la metà di tutte queste parole difficili e sono sicuro che non le capisci nemmeno tu! – e abbassò la testa per nascondere un sorriso malizioso; fra gli altri uccelli ci fu addirittura qualcuno che sghignazzò apertamente. – Quello che volevo dire – continuò il Dodo – è che la cosa migliore per asciugarsi sarebbe una "corsa confusa".

– Che cos'è una "corsa confusa"? – domandò Alice; in realtà non aveva molta voglia di saperlo, ma dato che il Dodo aveva fatto una pausa, come se pensasse che *qualcuno* dovesse a questo punto chiedere spiegazioni, s'era fatta avanti. D'altra parte non c'era nessun altro che avesse accennato a parlare.

– Ecco... – disse il Dodo – La maniera migliore per spiegare che cos'è una "corsa confusa" è farla.

(Vi ripeterò tutto quello che fece il Dodo perché so che potrebbe piacere anche a voi, in uno di questi giorni d'inverno, di provare la "corsa confusa").

Prima di tutto il Dodo tracciò i limiti di un campo quasi circolare (– non importa se non è un cerchio preciso – disse).

Poi tutta la compagnia fu disposta in fila lungo la linea. Nessuno gridò: – Uno, due, tre, via! – Ognuno cominciava a correre quando gli pareva e smetteva quando ne aveva voglia. Perciò non fu facile capire quando la corsa fosse finita. In ogni caso, dopo che ebbero corso per quasi mezz'ora, quando ormai tutti erano perfettamente asciutti, il Dodo improvvisamente gridò: – La corsa è finita! – Tutti s'affollarono intorno a lui con il fiato grosso e gli chiedevano: – Allora, chi ha vinto? – Per poter rispondere a questa domanda, il Dodo dovette riflettere a lungo. Perciò se ne stette seduto per molto tempo e teneva il dito premuto sulla fronte, nell'atteggiamento in cui di solito vediamo ritratto Shakespeare. Intanto tutti gli altri aspettavano in silenzio. Alla fine il Dodo alzò il capo e disse: – *ognuno* ha vinto e tutti meritano un premio.

– Ma i premi chi li dà? – chiesero gli altri in coro.

– *Lei*, naturalmente – rispose il Dodo indicando Alice. Allora l'intera comitiva si affollò intorno ad Alice gridando con una grande confusione: – I premi, i premi!

Alice non sapeva cosa fare. Disperata si mise la mano in tasca, tirò fuori una scatola di confetti (per fortuna l'acqua salata non c'era entrata) e li distribuì come premi. Ce n'erano abbastanza per darne uno a testa.

– Ma anche lei deve avere il premio. – fece notare il Topo.

– Naturalmente! – esclamò il Dodo con aria pensosa. Poi si rivolse ad Alice: – Che altro hai in tasca?

– Solo il ditale – rispose triste Alice.

– Dammelo – disse il Dodo.

Ancora una volta si affollarono tutti intorno ad Alice mentre il Dodo le consegnava solennemente il ditale con queste parole: – A nome di tutti noi, ti prego di voler accettare questo elegante ditale. Tutti applaudirono, quando il Dodo finì il suo discorso. Alice pensò che era tutto assurdo, ma siccome gli altri apparivano compunti per la solennità dell'occasione, trattenne il riso. Anzi, fece un inchino e, non riuscendo a trovare niente da dire, prese il ditale con aria solenne. Poi tutti cominciarono a mangiare i confetti e questo fatto provocò un po' di rumore e di confusione. Gli uccelli grandi si lamentavano perché i confetti erano così piccoli che non ne avevano neppure sentito il sapore; gli uccelli piccoli, invece, soffocavano e bisognava batterli forte sulla schiena. A ogni modo, tutto finì per il meglio e la comitiva si mise di nuovo a sedere in circolo e tutti pregarono il Topo di raccontare ancora qualche storia.

– Hai promesso di raccontarmi la tua storia, ti ricordi? – disse Alice.

– Devi spiegarmi perché odi i C. e i G. – aggiunse in un sussurro, per paura di offenderlo di nuovo.

– La mia non è una di quelle storie senza capo né coda: è lunga e triste... – disse il Topo con un sospiro, volgendosi verso Alice.

– Lo so che la coda è lunga – disse Alice, la quale non aveva capito bene. – Ma perché poi è triste? – E continuò a porsi questa domanda, mentre il Topo parlava. Così non capì quasi niente del suo racconto, di cui le rimasero impresse soltanto alcune parole:

Furia disse
a un topolino
che trovò
nello stanzino:
– Sei chiamato
in tribunale
per aver
agito male!
Presto, e non
ti rifiutare,
che non ho
nulla da fare".
– Disse il topo:
"Mio signore!
non avrà
nessun
valore, un
processo
celebrato
senza
Giudice e
Giurato.
– Bene, il
Giudice
son io –
disse il
cane.
– E farò
io anche
il teste
e il Giurato. –

– Ma tu non mi segui! – disse a un tratto il Topo ad Alice, con tono di rimprovero. – A che pensi?

– Ti chiedo scusa – rispose Alice umilmente. – Mi ero un po' distratta.

– Lo noto! – gridò il Topo, arrabbiato.

– Un nodo? – disse Alice. Credeva che il Topo si fosse fatto un nodo alla coda e desiderava rendersi utile. – T'aiuto io a sciogierlo!

– Non permetterò una cosa simile! – disse il Topo, alzandosi per andar via. – Mi stai insultando, con tutte le cose stupide che dici!

– Non volevo far questo... disse implorante la povera Alice. – Però tu ti offendi per niente, davvero! – Il Topo rispose con un brontolio.

– Per favore, ritorna. Finisci la tua storia! – gridò Alice verso di lui. Ma il Topo si limitò a scuotere la testa e affrettò il passo.

– Se n'è andato, che peccato! – sospirò il Pappagallo non appena il Topo fu scomparso.

Allora un vecchio Granchio approfittò dell'occasione per dire alla figlia: – Questo ti serva di lezione, mia cara: impara a non perdere la calma.

– Ma smettila, mamma! – rispose con voce spazientita il piccolo granchio. – Tu, è certo, faresti perdere la pazienza perfino a un'ostrica!

– Se almeno avessi qui la mia Dina – disse ad alta voce Alice, senza rivolgersi a nessuno in particolare. – Ci riporterebbe subito il Topo indietro. Credetemi.

– E chi è questa Dina, se posso permettermi la domanda? – chiese il Pappagallo.

– È la mia gatta – s'affrettò a rispondere Alice, tutta contenta di poter parlare della sua beniamina.

– Dovreste vedere com'è brava ad acchiappare i topi! Non potete nemmeno immaginarvelo! E come sa dare la caccia agli uccelli! Fa appena in tempo a vedere un uccellino che già se l'è mangiato.

Queste parole, come c'era da aspettarsi, diffusero un certo disagio nella comitiva. Alcuni uccelli si affrettarono a sparire immediatamente. Una vecchia Gazza si avvolse, piena di sussiego, nelle sue ali nere e disse: – Sarà meglio che me ne vada a casa: l'aria della sera non fa bene alla mia povera gola.

Una Canarina si mise a chiamare con voce tremante i suoi piccoli: – Su, miei cari, a casa, a casa. Lo sapete che a quest'ora dovreste essere già a letto da un pezzo.

A uno a uno se ne andarono tutti, con i pretesti più strani, e alla fine Alice si ritrovò sola, ancora una volta sola.

– Sarebbe stato meglio se non avessi nominato Dina! – diceva malinconicamente fra sé. – Sembra veramente che qui nessuno la veda di buon occhio: eppure è la gattina più cara del mondo! Oh mia cara Dina! Chissà se ti rivedrò ancora.

A questo punto la povera Alice ricominciò a piangere, perché si sentiva sola e sconsolata.

Dopo un po' udì di nuovo un rumore di passi lontani e alzò

gli occhi ansiosi perché sperava che il Topo avesse cambiato idea e stesse tornando per finire il suo racconto.

CAPITOLO QUATTRO

Un compito per il coniglio

Era il Coniglio Bianco, che tornava indietro affannato e scrutava con attenzione il pavimento, come se avesse perso qualcosa. Alice lo sentì borbottare: – La Duchessa! La Duchessa! Povere zampe mie! Povera pelliccia mia e baffi miei! Mi farà decapitare, com'è vero che le donnole sono donnole! Ma dove posso averli perduti?

Alice capì subito che egli cercava il ventaglio e i guanti bianchi di pelle di capretto. Perciò molto educatamente si mise anche lei a cercarli, ma non riuscì a vederli in nessun posto...

Sembrava che, dopo la sua nuotata nello stagno, tutto fosse cambiato. La grande sala, il tavolino di vetro e la porticina erano svaniti.

Il Coniglio non tardò molto ad accorgersi di Alice, la quale continuava a cercare i guanti.

Non appena la vide, le disse con voce aspra: – Allora, Ma-

rianna, *che fai qui*? Corri subito a casa e portami un paio di guanti e un ventaglio! Svelta!

Alice restò così intimidita che corse subito nella direzione indicata dal Coniglio e non tentò neppure di spiegare l'equivoco.

– Mi ha scambiata per la sua cameriera – diceva mentre correva. – Come resterà sorpreso quando saprà chi sono! Ma è meglio che il ventaglio e i guanti glieli porti. Naturalmente, se li troverò.

Intanto era arrivata di fronte a una casetta bianca, sulla cui porta luccicava una targhetta d'ottone che portava un nome: – CONIGLIO B.

Entrò senza bussare e si precipitò per le scale. Aveva paura d'incontrare la vera Marianna, che l'avrebbe senz'altro scacciata di casa e non le avrebbe dato il tempo di cercare il ventaglio e i guanti.

– È ridicolo fare la cameriera di un Coniglio! – si diceva Alice.

– Speriamo che anche Dina un giorno o l'altro non pretenda che mi metta al suo servizio! –

Così cominciò a fantasticare sulle cose che sarebbero successe: – Signorina Alice! Venga qui subito e si prepari per la passeggiata!

– Vengo, signorina istitutrice! Un momento solo! Devo far la guardia a questa tana di topi finché Dina non torna. Guai se il topo scappa! Non credo, però – concluse Alice – che permetterebbero a Dina di restare in casa se si mettesse a dare ordini alla gente.

Intanto era arrivata in una graziosa cameretta dove c'era un tavolo accanto alla finestra (come lei aveva sperato) e su di esso vide un ventaglio e due o tre paia di piccoli guanti bianchi di capretto.

Alice immediatamente li raccolse e stava già per uscire dalla stanza, quando i suoi occhi caddero sullo specchio, accanto al quale si trovava una bottiglietta. Questa volta non c'era nessuna etichetta con su scritto BEVIMI; ma Alice la stappò lo stesso e la portò alle labbra. – Senza dubbio mi succederà *qualcosa* d'interessante –, diceva tra sé – come ogni volta che mangio e bevo qualcosa. Vediamo che cosa mi farà questa bottiglia. Io spero che mi faccia crescere. Sono davvero stufa di essere sempre così piccola.

Fu proprio così. Prima di quanto lei stessa credesse, quando non aveva ancora bevuto mezza bottiglietta, si trovò con la testa sotto il soffitto. Allora piegò il collo in tutta fretta per non farsi male. Intanto posò la bottiglietta. – Basta così... – disse – spero di non crescere di più... ma intanto... alta come sono adesso non potrò neppure più uscire dalla porta... Se non avessi bevuto tanto!

Ormai era troppo tardi! Alice continuava a crescere, a crescere. Si sdraiò sul pavimento, ma un attimo dopo la stanza non bastava più a contenerla. Allora provò a distendersi: appoggiò un gomito alla porta e piegò l'altro braccio sulla testa. Ma cresceva ancora. Non le restava che mettere un braccio fuori dalla finestra e ficcare un piede nella cappa del camino. – Adesso non posso fare nient'altro, qualsiasi cosa succeda – sospirava.

– Che *succederà* di me?

Per fortuna la bottiglietta magica aveva finito di fare il suo effetto. Alice smise di crescere, ma questo non poteva esserle molto di conforto. Non c'è da meravigliarsi se Alice si sentiva molto sfortunata. A stare alle apparenze, infatti, che possibilità c'era, per lei, di uscire da quella stanza?

– Come stavo bene a casa mia! – pensava la povera bambina. – Là non si diventava a ogni momento grandi o piccoli. E neanche ci sono topi o conigli che vengono a darti ordini, come se fosse una cosa naturale. Non avrei dovuto seguire il Coniglio nella tana... Eppure... eppure...

In fondo questo genere di vita è abbastanza curioso. Vorrei sapere che cosa potrà succedermi ancora! Quando leggevo le storie delle fate pensavo che cose di questo genere non potessero accadere mai e adesso invece mi ci trovo proprio in

mezzo! Bisognerebbe scriverla, la mia storia! Bisognerebbe proprio! Quando crescerò la scriverò io... ma... io sono cresciuta –, aggiunse con voce lamentosa – e qui non c'è proprio spazio per crescere ancora!

– Ma allora –, continuò Alice – non diventerò mai più vecchia di come sono adesso?

Da un certo punto di vista non è male, non diventare vecchi... Sì, ma avrei sempre da studiare le lezioni! *Questo* non mi piace proprio!

Stupida d'una stupida! – disse subito dopo. – Come faresti a studiare le lezioni qui? C'è appena spazio per *te* e pensi che ci sarebbe posto per i libri? – Continuava così, sostenendo una volta una parte e una volta l'altra parte del dialogo, in una animata discussione con sé stessa, quando sentì una voce di fuori che chiamava.

– Marianna! Marianna! – diceva la voce – portami i guanti subito.

Un istante dopo si udì sulle scale un rumore di passi leggeri. Alice capì che il Coniglio saliva per cercarla e rabbrividì, dimenticando che era mille volte più grande del Coniglio e quindi non aveva nessuna ragione per temerlo. Per la paura, fece tremare tutta la casa.

Intanto il Coniglio arrivò fino alla porta e cercò di aprirla. Però la porta si apriva dal di dentro e il gomito di Alice, che vi poggiava contro, impedì che il tentativo del Coniglio riuscisse. Alice sentì la bestiola che diceva: – Ora proverò dalla finestra!

– *Questo* poi no! – pensò Alice. Restò in attesa, finché le sembrò di udire il Coniglio muoversi sotto la finestra: allora agitò il braccio nell'aria, come se cercasse d'afferrare qualcosa. Non afferrò nulla, invece. Sentì solo un grido, una caduta e, un attimo dopo, un rumore di vetri rotti. Alice pensò che il Coniglio fosse caduto su una serra.

Un istante dopo le giunse una voce infuriata: era quella del Coniglio.

– Pat! Pat! Dove sei? – Un'altra voce, che Alice non aveva mai sentito prima, rispose: – Sono qui! Sto cogliendo le mele, Eccellenza.

– Sta cogliendo le mele, lui! – disse il Coniglio con una voce arrabbiata. – Vieni qui! Tirami fuori da *qui*! – (Si udì un nuovo rumore di vetri infranti).

– Adesso, Pat, dimmi: che c'è a quella finestra?

– Un braccio, un braccio, Eccellenza –

(Pronunciò solo "Cellenza").

– Un braccio... stupido! Dove mai s'è visto un braccio così grosso? Occupa tutta la finestra!

– Lo so, Eccellenza, ma è proprio un braccio.

– Va bene, allora. Comunque quello non è il suo posto: toglilo di lì, vai.

Seguì un profondo silenzio, interrotto ogni tanto da un bisbiglio che veniva ora dall'uno e ora dall'altro dei due interlocutori. Dicevano press'a poco: – Non ne ho voglia, Eccellenza. Non ne ho voglia.

E l'altro: – Vigliacco, fa' quello che ti dico.

Finalmente Alice allargò la mano e l'agitò di nuovo in aria. Questa volta furono *due* piccoli gridi e anche il rumore dei vetri rotti fu maggiore. – Quante serre debbono avere! – pensò Alice. – Vorrei sapere che faranno adesso. Vorrei proprio che *riuscissero* a tirarmi fuori, fosse pure dalla finestra! Non starei qui un istante di più, lo giuro! – Per qualche tempo non si sentì niente. Poi, d'un tratto, fu possibile avvertire il rumore delle ruote di un carretto e il suono confuso di diverse voci. Alice riuscì appena a distinguere qualche frase: – Dov'è l'altra scala? – Ma io dovevo portarne solo una. L'altra ce l'ha Bill. – Bill, portala qui, stupido! – Ecco, mettetele qui, all'angolo. – No, legale prima. – Non arrivano neppure alla metà... – Vedrai che bastano, non fare il piantagrane... – Bill, prendi la corda! – Reggerà, il tetto? – Attento alle tegole! Si muovono. – Cade, cade! – Attenti alle teste! (Un gran tonfo). – Chi è stato? – Bill, credo. – Chi si cala giù per il camino? – No, io no! Vacci tu! – Ma io non ne ho voglia! – Bill deve andarci! – Bill, il padrone dice che devi calarti giù per il camino!

– Ah, Bill dovrà venire giù per il camino! A quanto pare, buttano tutto sulle spalle di quel poveretto! Non vorrei essere nei suoi panni davvero. La cappa è stretta, però un calcio *posso* ancora tirarlo – disse Alice.

Abbassò il più possibile la gamba infilata nel camino e aspettò fin quando sentì un animaletto (non capì di che specie fosse) che scendeva per la cappa strisciando e urtando contro le pareti.

NIGLIO

– Questo è Bill – si disse Alice, e dette un calcio secco. Poi rimase in attesa di quello che sarebbe successo. La prima cosa che udì fu un coro di esclamazioni confuse: – Ecco Bill! –

– Guarda, è Bill! – Poi distinse la voce del Coniglio: – Pigliatelo, è laggiù vicino alla siepe! – Ci fu un gran silenzio, poi un'altra confusione di voci...

– Alzagli la testa!

– Un cognac, presto!

– Non lo soffocate!

– Com'è andata? Che è successo?

– Parla!

Allora Alice udì una vocina flebile e stridula. (– Questo è Bill – pensò Alice). – Grazie, grazie...

Non saprei... Basta, grazie, ora sto meglio... Sono troppo sconvolto per spiegare... So solo che qualcosa come un burattino a molla mi si è gettato contro e mi ha scaraventato fuori del camino come un razzo.

– Poveretto! Davvero? – fecero eco gli altri.

– Non ci resta che bruciare la casa – propose la voce del Coniglio.

Disperata, Alice gridò allora con tutto il suo fiato: – Se lo fate, vi farò prendere da Dina! –

Seguì un silenzio tombale.

– Che faranno adesso? – si chiedeva Alice. – Se avessero un po' di buon senso, scoperchierebbero la casa.

Dopo un minuto o due la confusione delle voci ricominciò.

Alice udì il Coniglio che diceva: – Per cominciare basterà una carriola.

"Una carriola di *che*?" pensava Alice. Ma non ebbe molto tempo per domandarselo.

Subito una pioggia di sassolini picchiò contro la finestra: alcuni la colpirono sul viso.

– Bisogna che la smettano – si disse. E gridò: – Sarà meglio per voi che la smettiate! – Il grido provocò un nuovo pesante silenzio per un po' di tempo.

Intanto Alice si accorse con sorpresa che, una volta caduti sul pavimento, i sassolini si erano trasformati in pasticcini. Allora le venne un'idea luminosa: – Se mangio una di questi pasticcini, ci sarà certamente un *nuovo* cambiamento nella mia statura, e siccome non è possibile che diventi ancora più grande, è evidente che dovrò diventare più piccola.

Ingoiò un pasticcino e fu felice di vedere che rimpiccioliva a vista d'occhio. Non appena fu tanto piccola da poter passare per la porta, uscì di corsa dalla casa.

Davanti alla casa c'era un assembramento di animaletti e di uccelli, tutti in agitazione. Al centro c'era Bill, una povera Lucertola. Due Porcellini d'India lo sostenevano e gli facevano sorseggiare qualcosa da una bottiglietta. Non appena Alice comparve sulla soglia, tutti fecero un balzo verso di lei. Alice, più rapida del vento, corse via e si trovò ben presto in salvo nel folto di un bosco.

Adesso Alice errava per il bosco. – La prima cosa da fare – si diceva – è di riacquistare la mia vera statura. Poi devo ritrovare la via che porta a quel meraviglioso giardino. Questo è il piano migliore.

Senza dubbio questo era un piano eccellente, semplice e davvero ben congegnato. C'era solo una difficoltà: che Alice non aveva la più piccola idea di come realizzarlo. Scrutava ansiosa tra gli alberi, in cerca di chissà che cosa, quando un guaito le fece volgere di scatto la testa verso l'alto.

Un enorme cucciolo la fissava coi suoi grandi occhi rotondi e cercava di toccarla con una zampa che teneva alzata. – Poveretto! – disse Alice, gentile. Tentò con molta fatica di fischiare, per farlo stare tranquillo, però, per tutto il tempo che rimase accanto al cucciolo, fu terrorizzata dal pensiero che il cagnolino avesse fame. Allora avrebbe potuto mangiarla, magari mentre lei era intenta ad accarezzarlo.

Alice raccolse un ramo, senza quasi rendersi conto di quello che stava facendo, e lo porse al cucciolo. Il cagnolino a questo punto fece un balzo da terra, mugolando festosamente, e si precipitò sul ramoscello con tale furia da far credere che volesse dilaniarlo. Alice, per mettersi al sicuro, si nascose dietro un grosso cardo.

Quando si affacciò dall'altro lato, il cucciolo tentò un nuovo balzo verso il ramoscello e, nella furia di afferrarlo, cadde con la testa tra le zampe posteriori.

Alice pensava che giocare con il cucciolo era per lei pericoloso come giocare con un cavallo da tiro e temeva da un momen-

to all'altro di essere calpestata da quelle grosse zampe. Perciò continuò a tenersi ben nascosta dietro il cardo. Il cucciolo, intanto, aveva stretto attorno a quel ramoscello un vero e proprio assedio. Era un assedio senza regole, fatto di corse precipitose e brevi verso l'oggetto del suo interesse, di allontanamenti rapidi e improvvisi e di altrettanto improvvisi e rapidi ritorni. Il cucciolo accompagnava questi movimenti con un guaire roco ed affannato. Infine, esausto, si acquattò un po' lontano: aveva la lingua penzoloni, gli occhi socchiusi e sbuffava.

Era il momento propizio per la fuga. Alice prese subito il volo e corse, corse a perdifiato, finché il latrare del cucciolo non si perse in lontananza.

– Però, che bel cucciolo! – disse Alice, appoggiandosi senza fiato a un ramoscello e facendosi vento con una delle foglie. – Quanti bei giochi avrei potuto insegnargli, se fossi stata soltanto un po' più grande!

Povera me! Adesso devo crescere di nuovo! Come farò? Credo che dovrò mangiare o bere qualcosa, ma cosa? Questo è il problema.

Senza dubbio il problema grave era questo: cosa mangiare? Alice guardò intorno tra i fiori e i fili d'erba, ma non riuscì a scorgere niente che, in quelle circostanze, potesse essere mangiato o bevuto.

Alla fine vide un grosso fungo, alto quasi quanto lei. Alice vi guardò sotto, di dietro, da tutti i lati e le sembrò che fosse arrivato il momento di guardare anche sopra. Si alzò in punta di piedi, spiò oltre l'orlo del fungo e i suoi occhi incontrarono quelli di un grosso bruco azzurro che se ne stava seduto a braccia conserte, nel centro del cappello.

Fumava tranquillo in una lunga pipa e si capiva che non era molto disposto ad occuparsi né di lei né di altro.

CAPITOLO CINQUE

I consigli del Bruco

Per qualche istante il Bruco e Alice si guardarono in silenzio. Infine il Bruco si levò di bocca la pipa e, con voce languida e assonnata, chiese: – E *tu* chi sei?

Questa non era certamente la maniera più incoraggiante per iniziare una conversazione. Alice rispose con voce timida: – Io... io non lo so, per il momento, signore... al massimo potrei dire chi ero quando mi sono alzata stamattina, ma da allora ci sono stati parecchi cambiamenti.

– Che vuoi dire? – disse il Bruco, severo. – Spiegati!

– Mi dispiace, signore, ma non posso *spiegarmi* –, disse Alice – perché io non sono più io; capisce?

– No – disse il Bruco.

– Mi spiace di non sapermi esprimere più chiaramente –, riprese Alice con molta gentilezza – ma non ci capisco niente neppure io. Aver cambiato di statura tante volte in un solo giorno è una cosa che confonde parecchio, mi creda.

– Non mi pare – disse il Bruco.

– Forse perché lei non ha ancora fatto la prova – disse Alice. – Ma quando si dovrà trasformare in crisalide - e le capiterà un giorno o l'altro -, e poi da crisalide in farfalla, vedrà che si sentirà un po' confuso anche lei.

– Non tanto – disse il Bruco.

– Be', i nostri modi di vedere sono un po' diversi. *Io* lo troverei molto strano.

– Tu, forse – disse il Bruco con un tono di aperto disprezzo. – E *tu* chi sei? – La domanda li portò di nuovo all'inizio della conversazione.

Alice ormai cominciava a essere irritata con il Bruco per il suo modo asciutto di parlare. Perciò a questa domanda rispose in tono anche più asciutto: – Penso che prima dovrebbe essere lei a dirmi chi è.

– Perché? – disse il Bruco.

Così sorse un altro problema imbarazzante. E poiché Alice non era in grado di risolvere subito questo problema e il Bruco era in uno stato di grande nervosismo, gli volse le spalle e si mosse per andarsene.

– Torna qui! – le gridò il Bruco. – Devo dirti una cosa importante!

Era indubbiamente un invito allettante. Alice si voltò e tornò indietro. Il Bruco finalmente parlò.

– Sta' calma! – disse.

– Tutto qui? – rispose Alice, cercando di nascondere il suo dispetto.

– No – disse il Bruco.

– In fondo, posso anche aspettare – disse Alice. Non aveva altro da fare e poi quell'essere un po' indisponente avrebbe potuto dirle, forse, qualcosa di veramente interessante. Per qualche istante il Bruco continuò a fumare con aria solenne e senza dire una parola. Alla fine allargò le braccia, si tolse di nuovo la pipa di bocca e chiese: – Così credi di essere cambiata, eh?

– Credo che sia proprio così, signore – disse Alice. – Non riesco più a ricordarmi le cose che sapevo... e non riesco neppure a conservare la stessa statura per dieci minuti di seguito.

– *Che cosa* non riesci a ricordare? – disse il Bruco.

– Tante cose. Per esempio, ho provato a recitare *Il piccolo Coccodrillo*, ma m'è venuto tutto diverso! – rispose la povera Alice con aria avvilita.

– Prova a ripetere *Sei vecchio, Papà Guglielmo* disse il Bruco.

Alice, tenendosi una mano nell'altra, cominciò:

– Perché, papà Guglielmo –, disse il figlio
– t'ostini a camminare a testa in giù?
La tua chioma è già bianca come un giglio,
queste cose non le devi fare più.

Papà Guglielmo disse:
– In gioventù temevo di farmi male al cervello.

Ma ora che il cervello non l'ho più,
lo faccio, lo rifaccio, ed è più bello.

Disse il figlio: – Ho già detto che sei vecchio
e tra l'altro ti sei fatto più grasso.
Vieni a vederti davanti allo specchio:
Quando fai le capriole sei uno spasso.

Il vecchio saggio disse:
– In gioventù mi mantenevo sempre agile e snello.
Usavo questo unguento. Lo vuoi tu?
Dammi una lira e diverrai più bello.

Il figlio disse: – Sei vecchio e sdentato,
puoi mangiare soltanto la pappina.
Perché invece sei tanto esagerato
e a pranzo preferisci una gallina? –

Rispose il vecchio: – Come un avvocato
discussi sempre con la mogliettina.
E nel parlare mi sono allenato
a masticar da sera a mattina.

– Sei vecchio –, disse il figlio – non negare:
stanco è il tuo braccio, il tuo occhio non brilla.
Come mai sei capace di portare

in equilibrio sul naso un'anguilla? –

Disse il padre: – Ho risposto a tre domande
e continui a dir cose senza sale.
La tua scemenza sembra tanto grande
che ti farei volare per le scale.

– Non va – disse il Bruco.

– Forse non *proprio* tutto – rispose timida Alice. – Qualche parola non m'è venuta giusta.

– Era tutto sbagliato, dal principio alla fine – disse il Bruco con tono convinto.

Seguì un lungo silenzio, anche più penoso.

Il primo a parlare fu di nuovo il Bruco.

– Di che statura vorresti essere? – domandò.

– Della statura non m'importa – rispose in fretta Alice. – Ma non è piacevole cambiarla troppo spesso, lo sa.

– *Non lo so* – disse il Bruco.

Alice non rispose. Prima d'ora non era mai stata contraddetta tante volte di seguito.

Stava per perdere la calma sul serio.

– Come sei ora, sei contenta? – domandò il Bruco.

– Veramente vorrei essere *un po'* più grande. Se è possibile, naturalmente – disse Alice.

– Sette centimetri e mezzo è troppo poco davvero.

– È un'ottima statura! – disse il Bruco arrabbiato.

Mentre parlava si erse in tutta la sua statura (era alto esattamente sette centimetri e mezzo).

– Ma io non ci sono abituata! – disse con voce lamentosa la povera bambina. E pensava: "Questi animali dovrebbero essere meno suscettibili!"

– Ti ci abituerai, con il tempo – disse il Bruco. Si rimise in bocca la pipa e riprese a fumare tranquillo.

Alice questa volta attese con pazienza che il superbo animale si decidesse a parlare.

Dopo un po' il Bruco si tolse di nuovo la pipa di bocca, sbadigliò due o tre volte di seguito e si stirò tutto. Poi scese dal fungo e, mentre se ne andava strisciando tra l'erba, disse soltanto: – Un lato ti farà più alta. L'altro più piccina.

– Un lato di *che cosa*? L'altro lato di *che cosa*? – pensò Alice.

– Del fungo – le rispose il Bruco, come se Alice avesse parlato ad alta voce. Un attimo dopo il Bruco non c'era più.

Alice si voltò pensosa verso il fungo. Stette per un pezzo a domandarsi quali potessero essere i due lati, dato che il fungo era rotondo. Si trattava di una questione veramente difficile. Alice allargò le braccia intorno al cappello del fungo e ne staccò con le mani alcuni pezzi, da varie parti.

– Quale sarà quello buono? – si domandava perplessa mentre dava un morso, per fare una prova, al pezzo che teneva nella mano destra.

D'un tratto sentì un forte colpo sotto il mento; infatti il mento aveva urtato contro i piedi!

Spaventata per l'improvviso cambiamento, ma pensando che non c'era un attimo da perdere, dato che continuava rapidamente a rimpicciolire,

Alice s'affrettò a mordere l'altro pezzo.

Il mento era ormai tanto attaccato ai piedi che, per aprire la bocca soltanto un po', Alice dovette fare uno sforzo doloroso. Però vi riuscì e inghiottì il pezzo di fungo che teneva nella mano sinistra.

– Finalmente, la mia testa è libera! – disse Alice contenta. Ma la sua felicità si mutò subito in apprensione quando si accorse che non riusciva più a vedere dove fossero finite le sue spalle. Guardando in giù vide soltanto un collo lunghissimo: esso sembrava levarsi come un alto fusto sopra un mare di foglie verdi, che parevano perdersi lontano.

– *Che cos'è* tutto quel verde laggiù? – si domandò Alice.

– *Dove son*o le mie spalle? E le mie mani? Perché non le vedo? – Cercò di muovere le mani, ma non sentì altro che un lieve fruscio tra le verdi foglie lontane.

Allora capì che sarebbe stato inutile tentare di portare le mani alla testa e cercò almeno di abbassare la testa fino alle mani. Fu molto contenta quando vide che il suo collo si snodava in tutte le direzioni, come un serpente. Era appena riuscita a curvare il suo lungo collo a zig-zag e già si preparava a tuffarlo fra tutte quelle foglie (erano le cime degli alberi sotto i quali aveva camminato prima) quando un fischio acuto la fece fermare all'improvviso.

Un grosso piccione le volò sul viso e urtò violentemente con le ali sulle guance di Alice.

– Serpente! – sibilò il Piccione.

– Io *non sono* un serpente! – disse Alice, indignata. – Vattene via.

– Serpente, sì, serpente! – ripeté il Piccione. Ma era già meno convinto. Poi, con una specie di singhiozzo, aggiunse: – Eppure ho cercato con ogni mezzo di evitarti, ma niente può fermarti, niente!

– Non riesco a capire quello che dici! – rispose Alice.

– Ho tentato tra le radici degli alberi, ho tentato sugli argini, ho tentato tra le siepi –, proseguì il Piccione, senza prestarle attenzione, – ma niente! Voi serpenti! Nessuno può fermarvi, nessuno!

Alice si sentiva sempre più a disagio: avrebbe voluto rispondere, ma poi pensò giustamente che era davvero inutile parlare, se prima il Piccione non avesse finito.

– Come se covare le uova non fosse abbastanza faticoso! – disse il Piccione. – Niente, notte e giorno devo stare con gli occhi aperti per guardarmi dai serpenti! Neppure un po' di sonno in queste ultime tre settimane! Neanche un po' di sonno!

– Mi dispiace tanto che tu abbia tante preoccupazioni – disse Alice, che adesso cominciava a capire qualcosa.

– Quando ho trovato l'albero più alto del bosco –, continuò il Piccione concitato, alzando la voce, – e già credevo d'essere al sicuro, ecco che mi capita un serpente dal cielo!

Serpente, sei! Serpente!

– Ma non sono un serpente, ti dico – rispose Alice. – Io sono... sono...

– E allora, *cosa* sei? – chiese il Piccione. – Io vedo solo che sei qualcosa che mi vuole ingannare.

– Io... io sono una bambina – disse Alice, sebbene un po' ne dubitasse, perché ricordava tutti i cambiamenti attraverso i quali era passata.

– Che storiella divertente! – ribatté sarcastico il Piccione. Era evidente che la sua voce aveva un tono di disprezzo. – Nella mia vita ne ho viste di bambine, ma *nessuna* con un collo lungo come il tuo! No, non ti credo! Sei un serpente, non negare. Vorrei vedere se hai anche il coraggio di dire che non hai mai assaggiato un uovo.

– Sì, di uova *ne ho* assaggiate – rispose Alice, che era una bambina sincera. – Ma anche le bambine mangiano le uova, non solo i serpenti. Non lo sai?

– Non ci credo – disse il Piccione. – Però se le mangiassero anche loro, potrei dire soltanto che le bambine sono una specie di serpenti. Non potrei dire altro, sul serio!

Alice restò in silenzio, per un paio di minuti, perché l'idea di essere un serpente pareva, anche a una bambina come lei, troppo sconvolgente.

Quel silenzio dette al Piccione l'occasione per aggiungere: – Io so che tu stai cercando uova; di *questo* sono sicuro. E allora che m'importa se tu sei una bambina o un serpente?

– È per *me* che avrebbe un grande valore! – disse subito Alice. – E poi io non sto cercando uova, come dici tu. Se anche fosse così non cercherei certo le *tue*: non mi piacciono crude.

– Vattene, allora! – disse il Piccione. E borbottando tornò ad accovacciarsi nel suo nido.

A questo punto Alice cercò di chinarsi tra le foglie, quanto più poteva, ma il suo collo continuava a impigliarsi in mezzo ai rami e ad ogni momento doveva districarlo. Alla fine ricordò che, tra le mani, aveva ancora alcuni pezzi del fungo. Allora cercò di mordere un po' dell'uno e un po' dell'altro. Così a volte crescendo e a volte rimpicciolendo, tornò alla sua statura.

Alice aveva abbandonato da tanto tempo la sua statura giusta, che in principio non ci si ritrovò e le parve una cosa strana. Però dopo poco tempo si sentì di nuovo a suo agio e cominciò a parlare, come sempre, con sé stessa.

– Ecco, metà del mio piano è realizzato. Come sono stati angosciosi tutti questi miei mutamenti! Non potevo mai essere sicura di quello che sarei diventata un minuto dopo! In ogni caso, ora che ho di nuovo la mia statura, non devo far altro che ritrovare il giardino...

Però vorrei sapere come farò.

Stava ancora parlando quando si trovò in una radura, al cui centro c'era una casetta non più alta di un metro.

"Chiunque ci viva", pensò Alice "si spaventerebbe, se andassi a trovarlo alta così!"

Allora ricominciò a mordicchiare il pezzo di fungo che aveva nella mano destra e quando si trovò a essere alta non più di una ventina centimetri, si avvicinò alla casa.

CAPITOLO SEI

Porcellino e Pepe

Alice restò qualche minuto a guardare la casa e non sapeva che fare. A un tratto arrivò di corsa, dal bosco, un cameriere in livrea. Alice capì che quello era un cameriere perché aveva la livrea, dato che a giudicarlo dalla faccia lo si sarebbe detto un pesce. Il cameriere raggiunse la porta e bussò forte con le nocche. Venne ad aprire un altro cameriere in livrea: aveva una faccia rotonda e gli occhi sporgenti come quelli di un ranocchio.

Alice notò che i camerieri avevano tutti e due una bella parrucca bianca e a riccioli. Ebbe una grande curiosità di sapere quello che stava succedendo e si avvicinò ancora un po' per ascoltare.

Il Cameriere-Pesce tolse di sotto il braccio un'enorme lettera, grande quasi come lui, e la porse al Cameriere-Ranocchio dicendo con tono solenne: – Per la Duchessa. È un invito da parte della Regina a croquet.

Il Cameriere-Ranocchio ripeté con lo stesso tono solenne, ma cambiando un po' l'ordine delle parole: – Dalla Regina. Un invito per la Duchessa a giocare a croquet.

Poi s'inchinarono tutti e due profondamente, tanto che i ricci delle parrucche si impigliarono gli uni negli altri.

A questo punto Alice cominciò a ridere tanto, che dovette scappare nel bosco per paura che i due la vedessero. Quando tornò fuori, il Cameriere-Pesce se n'era già andato e l'altro sedeva per terra, accanto alla porta, e guardava in aria con lo sguardo rimbambito.

Alice si avvicinò timidamente alla porta e bussò.

– Non serve a niente bussare –, le disse allora il Ranocchio – per due ragioni: prima di tutto io sono al di fuori della porta, come te; in secondo luogo, dentro stanno facendo un tale baccano che non possono sentire in nessun modo.

Era vero. Da dentro la casa veniva un rumore assordante, uno strillare continuo, uno starnutire e, di tanto in tanto, un fracasso violento come se un piatto o una pentola di coccio andassero in pezzi.

– E allora –, disse Alice – come devo fare per entrare?

– Il fatto che tu bussi alla porta avrebbe un significato – continuò il Cameriere senza badare a quello che diceva Alice – se fra noi due ci fosse la porta. Per esempio, se tu fossi *dentro*, potresti bussare e io ti farei uscire. Hai capito? – Mentre parlava, il cameriere continuava a guardare per aria. Questa era

mancanza di educazione, pensava Alice. – Ma forse non ne può fare a meno –, pensò poi a perché ha gli occhi troppo in cima alla testa... Però potrebbe almeno rispondere alle domande!

– Come devo fare per entrare? – ripeté quasi urlando.

– Mi toccherà di stare a sedere qui fino a domani... – rispose il Ranocchio.

In quel momento la porta si spalancò e volò fuori un grande piatto che sfiorò la testa del Cameriere all'altezza del naso e andò a rompersi contro un albero nel bosco vicino.

–... o forse fino a dopodomani – continuò il Ranocchio impassibile, come se niente fosse successo.

– Come devo fare per entrare? – domandò Alice ancora una volta, con un tono pesante.

– Ma *devi* proprio entrare? – domandò il Ranocchio. – Questa è la prima questione da risolvere.

Era giusto. Però ad Alice non piaceva sentirselo dire in quel modo.

– Il modo di ragionare degli animali è terribile

– disse tra sé. – Ci sarebbe da diventar pazzi!

Il Ranocchio pensò che fosse venuto il momento di ripetere la sua lamentela, cambiando però qualche parola: – Mi toccherà restarmene seduto qui per giorni e giorni.

– Ma *io* che cosa devo fare? – domandò Alice.

– Fa' quello che ti pare! – rispose il Ranocchio. E cominciò a fischiettare.

– È inutile che io continui a parlare con lui – disse Alice disperata.

– È completamente pazzo, poveretto! – Perciò si fece coraggio, spinse la porta ed entrò.

La porta dava direttamente su una grande cucina piena di fumo in ogni angolo. La Duchessa stava in mezzo alla stanza, seduta sopra uno sgabello a tre gambe e cullava un bambino. La cuoca era curva sul fornello e rimestava una grande pentola dalla quale arrivava un odore di zuppa.

– Ci dev'essere troppo pepe in quella zuppa! – disse Alice fra gli starnuti.

Infatti c'era troppo pepe nell'aria. Anche la Duchessa di tanto in tanto starnutiva. Il bambino, poi, starnutiva e strillava senza un attimo d'interruzione. C'erano solo due persone che non starnutivano, nella stanza: la cuoca e un grosso gatto, che era sdraiato sul focolare e sogghignava spalancando la bocca da un orecchio all'altro.

– Per favore – disse Alice timidamente, perché non era molto sicura che fosse buona educazione parlare per prima. – Mi vuol dire perché il gatto sogghigna in quel modo?

– È un Ghignagatto – disse la Duchessa: – ecco perché. Porcellino!

Quest'ultima parola fu pronunciata con tale violenza che Alice ebbe un sussulto. Poi capì che la parola era rivolta al bimbo e non a lei. Allora si fece coraggio e continuò: – Non sapevo che i gatti ghignassero; anzi non sapevo affatto che i gatti *potessero* ghignare.

– Tutti possono ghignare – disse la Duchessa. – E i più lo fanno.

– Non ne conosco neppure uno che lo faccia – disse Alice molto rispettosamente, contenta di aver intavolato una conversazione.

– Non devi sapere molte cose, tu – disse la Duchessa. – Questo è il fatto.

Il tono di questa risposta non piacque ad Alice, la quale pensò di cambiare argomento. Mentre tentava di trovare qualcosa di cui parlare, la cuoca tolse dal fuoco la pentola della zuppa e d'un tratto cominciò a scaraventare contro la Duchessa e il bimbo tutto quello che le veniva a portata di mano: prima volarono le molle, poi arrivarono le padelle, i vassoi e i piatti.

La Duchessa sembrava non badarci neppure.

Non ci faceva caso nemmeno quando veniva colpita. Il bambino da parte sua strillava tanto anche prima, che era impossibile dire se i colpi che riceveva gli facessero male o no.

– Ehi, ehi, fate *un po'* d'attenzione! – gridava Alice, saltando di qua e di là terrorizzata.

– *Povero* naso! – strillò quando una delle pentole sfiorò il naso del bambino e per poco non glielo portò via.

– Se ognuno si facesse i fatti suoi il mondo camminerebbe molto più svelto! – brontolò la Duchessa con voce roca.

– Ma una cosa del genere *non* sarebbe affatto utile – disse Alice, molto soddisfatta che le si presentasse l'occasione di mostrare quel che sapeva. – Pensi che fatica si farebbe con i giorni e le notti! Infatti la Terra impiega ventiquattr'ore per girare intorno al suo asse.

– A proposito di asce – interruppe la Duchessa. – Tagliatele la testa! – Alice dette uno sguardo preoccupato alla cuoca per vedere se avesse intenzione di eseguire l'ordine; ma la cuoca era affaccendata a rimestare la zuppa e sembrava non aver neppure udito. Allora Alice si azzardò a riprendere il discorso: – Ventiquattr'ore, *mi sembra;* o sono dodici? Io...

– Non *mi* seccare! – disse la Duchessa. – Non ho mai potuto sopportare i calcoli.

Si chinò verso il bambino e ricominciò a cullarlo cantandogli una strana ninna-nanna. Alla fine di ogni verso, però, scuoteva il bambino violentemente. La strana ninna-nanna diceva:

Se il vostro bambino
è troppo birichino,
con la voce sgridatelo,
con le mani picchiatelo.

CORO
(al quale si uniscono la cuoca e il piccino)
Uh! Uh! Uh!

Al momento di cantare la seconda strofa della canzone, la Duchessa cominciò a scuotere il bimbo da ogni parte e con tanta violenza che il poveretto strillava come un ossesso, così che Alice poté udire a malapena le parole:

Poiché il mio bambino
faceva il birichino, l'ho dovuto punire
e l'ho messo a dormire.

CORO
Uh! Uh! Uh!

– Prendi! Cullalo un po' tu, se vuoi! – disse a questo punto la Duchessa ad Alice e le lanciò a volo il bambino. Poi aggiunse: – Io devo prepararmi per la partita a croquet con la Regina –, e uscì in fretta dalla stanza. La cuoca le lanciò

dietro una padella, ma sbagliò il colpo.

Alice teneva il bambino a fatica, perché il piccolo aveva una forma stranissima e agitava braccia e gambe in tutte le direzioni. – È proprio come una stella di mare – pensò Alice.

Il piccolo sbuffava come una locomotiva, si piegava, si alzava, si muoveva con tanta furia che, per alcuni minuti, fu già molto se Alice riuscì a trattenerlo tra le braccia. Alla fine Alice scoprì che il modo migliore per cullarlo consisteva nel piegarlo come un nodo per impedirgli di sgusciare dalle braccia.

Bisognava tenerlo contemporaneamente per l'orecchio destro e il piede sinistro. Fatto questo, lo portò fuori all'aria aperta.

– Se non porto via questo bambino –, pensava Alice – lo uccideranno senz'altro, e in poco tempo. Non sarebbe un delitto lasciarlo in quella casa? – Pronunciò ad alta voce queste ultime parole e il bimbo grugnì, come se volesse rispondere.

– Non grugnire –, disse Alice – non è questo il modo più educato per esprimersi.

Il bambino grugnì di nuovo e allora Alice lo guardò per vedere come gli riuscisse di fare dei versi così strani. Non c'era nessun dubbio: quel naso era un po' troppo all'insù. Le parve quasi più un grugno, che un vero e proprio naso. E anche gli occhi erano un po' troppo piccoli per essere quelli di un bambino. In sostanza, l'aspetto generale non piacque troppo ad Alice.

– Forse stava solo singhiozzando – pensò. Allora gli guardò di nuovo gli occhi, per vedere se c'erano lacrime.

No, non c'erano lacrime. – Se adesso ti trasformi in un porcellino, caro mio... – disse Alice, seria, – ...non voglio avere più niente a che fare con te, t'ho avvertito!

Il piccolo singhiozzò di nuovo (oppure grugnì, non era proprio possibile stabilirlo). Così per qualche istante rimasero in silenzio tutti e due.

Alice rifletteva: "Che me ne farò, di questa creatura, quando sarò a casa?"

Allora il neonato dette in un nuovo grugnito, ma così forte che Alice gli lanciò uno sguardo spaventato. Adesso non era più possibile sbagliarsi. Il neonato era un Porcellino, un Porcellino vero.

Alice pensò che sarebbe stato assurdo continuare a portarsi in braccio questa bestiola e la mise a terra. Allora il Porcellino trotterellò con sicurezza verso il bosco e Alice si sentì tranquilla. – Se fosse stato un bambino –, disse fra sé – con il tempo si sarebbe fatto un orribile ragazzo. Invece credo che diventerà un magnifico maiale.

E cominciò allora a pensare agli altri bambini che conosceva per vedere se sarebbero riusciti degli ottimi maiali. – Basterebbe sapere qual è la maniera... – quando vide il Ghignagatto accovacciato su un ramo, poco più avanti. Allora si interruppe.

L'unica cosa che il Ghignagatto fece, quando vide Alice, fu un sogghigno. Ad Alice, in un primo tempo, sembrò che lui fosse ben disposto. Solo più tardi notò le unghie molto lunghe e i numerosi denti aguzzi! Allora pensò che fosse prudente trattarlo con rispetto.

– Ghignagatto – cominciò timidamente, perché non sapeva ancora come il gatto avrebbe accolto quel nome. Il gatto rispose aprendo la bocca e facendo un sogghigno ancora più grande. “Bene, è compiaciuto...” pensò Alice. E proseguì: – Vorresti dirmi che strada devo prendere, per favore?

– Dipende dove vuoi andare – rispose il saggio Ghignagatto.

– Dove, non mi importa molto – disse Alice.

– Allora qualsiasi strada va bene – disse il Ghignagatto.

– .purché arrivi *in qualche posto* – aggiunse Alice per spiegarsi meglio.

– Per questo puoi stare tranquilla –

disse il Ghignagatto. – Basta che non ti stanchi di camminare.

Ad Alice sembrò che tutto questo fosse abbastanza vero e perciò passò a un'altra domanda: – Chi abita da queste parti?

– Da *quella* parte – disse il Ghignagatto, e fece un cenno con la zampa destra, – abita il Cappellaio. *Dall'altra* – e fece segno con la zampa sinistra – abita la Lepre Marzolina. Puoi far visita a chi vuoi; sono matti tutti e due.

– Ma io non ho nessuna intenzione di andare fra i matti! – rispose Alice un po' risentita.

– Ah, non ne puoi fare a meno! – disse il Ghignagatto. – Qui siamo tutti matti. Io sono matto. E anche tu sei matta.

– Come fai a dire che io sono matta? – domandò Alice.

– Devi esserlo – le rispose il Ghignagatto. – Altrimenti non saresti arrivata fin qui.

Ad Alice la risposta non sembrò per nulla convincente; tuttavia riprese: – E tu, come fai a dire di essere matto?

– Intanto possiamo dire che i cani non sono matti – rispose il Ghignagatto con aria sentenziosa. – Sei d'accordo?

– Sì, mi pare.

– Bene –, proseguì il Ghignagatto – tu sai che i cani, quando sono arrabbiati, brontolano. Quando invece sono contenti muovono la coda. Io, invece, quando sono contento brontolo; e quando sono arrabbiato muovo la coda.

Perciò sono matto.

– Ma *io* quello non lo chiamo brontolare – rispose Alice. – Per me significa far le fusa.

– Chiamalo come ti pare – disse il Ghignagatto. – Vai a giocare a croquet dalla Regina, oggi?

– Mi piacerebbe molto – disse Alice. – Ma finora non mi ha invitata nessuno.

– Ci rivedremo là – disse il Ghignagatto. E sparì.

Questo fatto non meravigliò Alice per niente. Ormai aveva visto tante stranezze che, quasi, ci aveva fatto l'abitudine. Stava ancora guardando il luogo in cui, un istante prima, si trovava il gatto, quando esso riapparve all'improvviso.

– A proposito, che è successo al bimbo? – disse il Ghignagatto. – Mi ero dimenticato di chiedertelo.

– Si è trasformato in un maiale – rispose tranquillamente Alice.

Sembrava che per lei fosse naturale vedere i gatti comparire e scomparire a quel modo.

– Lo sapevo che sarebbe finita così – disse il Ghignagatto. E sparì di nuovo.

Alice aspettò un po' per essere certa che la sua scomparsa fosse definitiva. Quando vide che il Ghignagatto non riappariva, s'incamminò verso il luogo dove abitava la Lepre Marzolina. E diceva: – Di cappellai ne ho già conosciuti parecchi. Adesso preferisco conoscere la Lepre Marzolina. Oltre tutto, siccome è maggio, non sarà ancora completamente matta. Perlomeno non sarà matta come in marzo.

Mentre diceva tali parole guardò in alto e vide ancora il Ghignagatto seduto sul ramo d'un albero.

– Hai detto maiale o caviale? – le chiese il Ghignagatto.

– Ho detto maiale – rispose Alice. – E adesso spero che non continuerai ad apparire e sparire così all'improvviso; se no mi fai girare la testa.

– Va bene – disse il Ghignagatto. E questa volta sparì lentamente, a poco a poco, cominciando dalla punta della coda, per finire col suo sogghigno, che rimase nell'aria anche dopo che il resto del corpo era già svanito.

– Perbacco! Avevo visto spesso dei gatti senza sogghigno – pensò Alice. – Ma non avevo mai visto sogghigni senza gatto. È la cosa più strana che mi sia capitata finora.

Non fu necessario camminare molto, per arrivare in vista della casa della Lepre Marzolina.

Alice pensava che la casa fosse quella, perché i camini avevano la forma di lunghi orecchi e il tetto era tutto ricoperto di pelo. Dato che si trattava di una casa abbastanza grande, Alice pensò che, prima d'avvicinarsi, avrebbe fatto bene a dare un morso al pezzo di fungo che teneva ancora nella mano sinistra. Solo dopo essere cresciuta di un mezzo metro, ricominciò ad avanzare verso la casa, ma sempre esitando: – E se fosse pazza furiosa? – si diceva.

– Forse era meglio far visita al Cappellaio.

CAPITOLO SETTE

Un Tè da pazzi

Davanti alla casa, sotto un albero pieno di foglie, c'era una tavola apparecchiata per il tè. Accanto a essa stavano seduti la Lepre Marzolina e il Cappellaio. In mezzo a loro due si trovava un Ghiro, che dormiva a più non posso.

La Lepre e il Cappellaio, mentre parlavano, tenevano le braccia poggiate sulla testa del Ghiro. "Non è molto comodo per il Ghiro" pensò Alice. "Ma se dorme può darsi che per lui vada bene così!"

La tavola era assai grande, ma i tre strani commensali si erano ammassati tutti in un angolo.

– Non c'è posto! Non c'è posto! – gridarono subito ad Alice, quando la videro arrivare.

– È *pieno*, di posto! – rispose Alice indignata.

Poi, quasi per dispetto, si sedette su una bella poltrona vuota all'altra estremità della tavola.

– Vuoi un po' di vino? – disse allora con un tono quasi incoraggiante la Lepre Marzolina.

– Non vedo vino – osservò Alice. Infatti aveva guardato sulla tavola e non aveva visto altro che tè.

– Non ce n'è, infatti – disse la Lepre.

– Allora non è stato gentile da parte tua offrirmelo – disse Alice arrabbiata.

– Non è stato gentile neppure da parte tua sederti senza essere stata invitata! – rispose pronta la Lepre Marzolina.

– Non sapevo che fosse la *vostra* tavola – disse Alice. – È apparecchiata per più di tre persone!

– I tuoi capelli avrebbero bisogno di una sforbiciata – disse il Cappellaio dopo aver osservato Alice per un pezzo e con molta curiosità. Erano le sue prime parole.

– Non si fanno appunti alle persone – disse Alice severa. – È cattiva educazione.

A sentir questo il Cappellaio spalancò gli occhi. Era meravigliato, ma le sole parole che *disse* furono: – Perché un Corvo assomiglia a uno scrittoio?

"Ecco, ora ci sarà da divertirsi!" pensò Alice. – Sono contenta che mi facciano gli indovinelli.

E aggiunse forte: – Credo di saperlo...

– Vuoi dire che credi di poter trovare la risposta? – domandò la Lepre Marzolina.

– Proprio così – rispose pronta Alice.

– Allora dimmi subito quello che credi – riprese la Lepre.

– Come volete – rispose in fretta Alice. – Vi dico quello che credo... perché io quello che credo dico... è la stessa cosa.

– Non è per niente la stessa cosa! – esclamò il Cappellaio. – Vorresti forse sostenere che la frase *vedo quello che mangio* ha lo stesso significato di *mangio quello che vedo?*

– O vorresti sostenere – proseguì la Lepre Marzolina – che la frase *mi piace quello che prendo* ha lo stesso significato di *prendo quello che mi piace?*

– E vorresti forse sostenere – concluse il Ghiro (il quale sembrava che parlasse dormendo) – che la frase *respiro quando dormo* ha lo stesso significato di *dormo quando respiro ?*

– Per te è la stessa cosa! – disse il Cappellaio.

E a questo punto la conversazione finì e tutti restarono in silenzio per un minuto, mentre Alice si sforzava di ricordare più cose che fosse possibile dei corvi e degli scrittoi. Ma non erano molte. Il primo a rompere il silenzio fu il Cappellaio.

– Che giorno del mese è oggi? – domandò rivolto ad Alice. Aveva tirato fuori dal taschino l'orologio e lo guardava inquieto, scuotendolo di tanto in tanto e portandoselo all'orecchio.

Alice esitò per un attimo e poi rispose: – Il quattro.

– È indietro di due giorni! – sospirò il Cappellaio. E guardando di traverso la Lepre Marzolina aggiunse: – Te l'avevo detto che il burro non è adatto per aggiustare gli orologi! –

– Ma era burro del *migliore*! – rispose la Lepre con tono di scusa.

– Sì, sì, ma devono esserci scivolate dentro anche delle briciole – borbottò il Cappellaio.

– Non avresti dovuto spalmare il burro sull'orologio con il coltello del pane!

La Lepre Marzolina prese l'orologio e l'osservò avvilita. Poi lo infilò nella sua tazza di tè, lo trasse fuori di nuovo, tornò a guardarlo, ma non seppe far altro che tornare alla prima osservazione.

E ripeté: – Eppure era burro del migliore.

Alice aveva seguito tutta la scena ed era molto incuriosita.

– Che strano orologio! – esclamò. – Segna i giorni del mese e non le ore!

– E perché dovrebbe segnarle? – borbottò il Cappellaio. – Il *tuo* orologio, per caso, segna gli anni?

– Naturalmente no! – rispose pronta Alice. – Se fosse così, resterebbe immobile nella stessa posizione per tantissimo tempo!

– Proprio come fa il *mio*! – disse il Cappellaio.

Alice era molto imbarazzata. Il discorso del Cappellaio era tutto privo di senso, anche se le sue parole sembravano abbastanza chiare.

– Non capisco bene – disse con il tono più gentile possibile.

– Ecco, il Ghiro s'è addormentato un'altra volta... – disse il Cappellaio.

E gli versò un po' di tè bollente sul naso. Il Ghiro scosse la testa seccato e, senza neppure aprire gli occhi, disse: – Naturalmente, naturalmente; è proprio quello che stavo per dire, naturalmente.

– Hai risolto il mio indovinello? – domandò allora il Cappellaio, rivolgendosi di nuovo ad Alice.

– No, ci rinuncio! – rispose Alice. – Qual è la risposta?

– Non ne ho la più piccola idea... – disse il Cappellaio.

– E io neppure – ribadì la Lepre Marzolina.

Alice ebbe un sospiro di sconforto: – Mi pare che dovreste spendere meglio il vostro tempo, invece di starvene a proporre indovinelli che non hanno risposta.

– Se tu conoscessi il Tempo come me –, rispose il Cappellaio – non parleresti di perdere *lui*. È lui che è così.

– Non capisco – disse Alice.

– Naturale che non capisci! – disse il Cappellaio, scuotendo la testa con aria sprezzante.

– Scommetto che non hai mai parlato con il Tempo!

– Non mi pare –, rispose Alice prudentemente. – Ma so che quando studio musica debbo batterlo.

– Ora capisco! – disse il Cappellaio. – Ma lo sai, almeno, che lui non sopporta di essere battuto? Se tu riuscissi a restare in buon accordo con lui, ti farebbe con l'orologio tutto quello che desideri tu. Per esempio: supponi che siano le nove del mattino, l'ora in cui devi cominciare le lezioni. Ecco, basterebbe che tu mormorassi una parolina al Tempo e in un attimo sarebbero già le dodici e mezzo, l'ora del pranzo! (– Magari fosse l'ora del pranzo! – mormorò tra sé la Lepre Marzolina).

– Sarebbe bello davvero – disse Alice, assorta. – Però se fosse così... potrei non aver fame...

– Al principio forse no – disse il Cappellaio. – Però potresti fermare l'orologio sulle dodici e mezzo quanto vuoi!

– Fate così voi? – domandò Alice.

Il Cappellaio scosse la testa tristemente. – No, io no purtroppo – sospirò. – Abbiamo litigato lo scorso marzo, proprio prima che lei diventasse matta – (e indicò la Lepre con il cucchiaino). – Fu al concerto della Regina di Cuori. Io dovevo cantare:

Zitto, zitto, pipistrello,
corri avvolto in un mantello!

Conosci questa canzone? –

– L'ho sentita, forse.... – rispose Alice.

– Non è ancora finita – riprese il Cappellaio. – Continua così:

Zitto, zitto,
lungo il mondo
    vola e gira in girotondo.

In quell'istante il Ghiro si scosse e, sempre dormendo, cominciò a cantare: *Zitto, zitto, pipistrello.*

E continuò a cantare, continuò tanto che la Lepre e il Cappellaio dovettero dargli un pizzicotto per farlo tacere.

– Insomma, avevo appena finito la prima strofa –, riprese il Cappellaio – quando la Regina saltò in piedi e si mise a urlare: – Sta assassinando il Tempo! Tagliategli la testa, la testa!

– Ma com'è crudele! – esclamò Alice.

– Da allora... – concluse il Cappellaio con voce smorzata – ...il Tempo non vuol fare più niente di ciò che gli chiedo. Così per me sono sempre le sei del pomeriggio.

A questo punto Alice si rese conto di tutto chiaramente: – È per questo che avete apparecchiato per il tè? – domandò.

– Appunto per questo – rispose il Cappellaio con un sospiro. – È sempre l'ora del tè e non abbiamo neppure un po' di tempo per lavare le posate.

– Allora vi spostate in giro per il tavolo, via via che lo sporcate! – disse Alice.

– Esattamente – rispose il Cappellaio, – appena le posate sono state usate.

– E quando dovete ricominciare il giro? – provò a chiedere Alice.

– Meglio cambiar discorso – interruppe la Lepre sbadigliando. – Sono stufa di sentir parlar di questo. Propongo che la signorina ci racconti una storia.

– Mi dispiace, non ne conosco nessuna – disse Alice con voce allarmata a tale proposta.

– Allora ce ne racconterà una il Ghiro! – gridarono insieme la Lepre e il Cappellaio. Poi cominciarono a pizzicarlo da tutte le parti: – Sveglia, Ghiro! – gridavano.

Il Ghiro aprì gli occhi con aria pigra: – Non dormivo – disse con voce roca e debole. – Ho sentito tutto quello che avete detto.

– Raccontaci una storia! – disse la Lepre Marzolina.

– Sì, per favore, raccontala! – supplicò Alice.

– Raccontala subito, altrimenti ti riaddormenti prima di finirla – aggiunse il Cappellaio.

– C'erano una volta tre sorelline... – cominciò il Ghiro in tutta fretta – che si chiamavano Elsi, Tilli e Luisa, e vivevano in fondo a un pozzo....

– E che cosa mangiavano? – domandò Alice, la quale era sempre molto interessata a questo problema.

– Mangiavano melassa – rispose il Ghiro, dopo aver esitato un po'.

– Ma non potevano! – esclamò pronta Alice, sforzandosi però d'essere gentile. – Si sarebbero ammalate.

– Infatti lo erano – disse il Ghiro. – Erano *molto* ammalate.

Alice provò allora a immaginare come le tre sorelline potessero vivere in un modo tanto insolito. Però non riusciva a immaginarselo e finì per confondersi. Alla fine dovette domandare di nuovo: – Ma perché abitavano in fondo a un pozzo?

– Prendi un altro po' di tè – disse ad Alice la Lepre Marzolina, con un tono molto premuroso.

– Non ne ho ancora avuto nemmeno *un po'* – rispose lei offesa. – Perciò non posso prenderne *un altro* po'.

– Vorrai dire che non puoi prenderne di *meno* – disse il Cappellaio. – Ma prenderne *più* di niente è molto facile.

– Nessuno ha chiesto la *tua* opinione – rispose Alice.

– Chi è adesso che fa appunti alle persone? – disse il Cappellaio, con aria di trionfo.

Alice non seppe come rispondere e pensò che avrebbe fatto meglio a versarsi del tè e a prendere un po' di pane e burro. Poi si rivolse al Ghiro e ripeté la sua domanda: – Perché abitavano in fondo a un pozzo?

Prima di rispondere, il Ghiro lasciò passare ancora qualche secondo per pensarci su, poi disse: – Era un pozzo di melassa.

– Ma se non ne esistono! – osservò Alice arrabbiata.

Allora il Cappellaio e la Lepre le fecero – Ssst! Ssst! – e il Ghiro disse con aria seccata: – Se non sai essere civile sarà meglio che la storia te la finisci da sola!

– No, ti prego, continua – disse Alice. – Non voglio più interromperti.

Ammettiamo che ne esista *uno*.

– Altro che uno! – esclamò il Ghiro indignato. Poi continuò: – Queste tre sorelline... impararono a tirar fuori...

– Che cosa? – disse Alice, che aveva già dimenticato la promessa.

– La melassa – disse il Ghiro. E questa volta non ebbe esitazioni.

– Vorrei una tazza pulita – interruppe il Cappellaio. – Spostiamoci tutti di un posto.

Non appena ebbe finito di parlare, egli si spostò e il Ghiro lo seguì. La Lepre Marzolina fece altrettanto portandosi al posto del Ghiro e Alice a malincuore prese il posto della Lepre Marzolina. Il solo ad avvantaggiarsi del cambiamento fu il Cappellaio. Alice invece si trovò molto peggio, soprattutto perché la

Lepre Marzolina aveva rovesciato molto latte nel suo piatto.

Alice non desiderava offendere di nuovo il Ghiro e perciò riprese molto cautamente: – Non ho capito bene. Da dove tiravano fuori la melassa?

– Se da un pozzo d'acqua si tira fuori l'acqua –, disse il Cappellaio – è chiaro che da un pozzo di melassa si tira fuori la melassa - eh, stupida?

– Ma erano *dentro* al pozzo! – disse Alice rivolta al Ghiro e facendo finta di non aver udito l'insulto del Cappellaio.

– Certo che c'erano, e ci stavano bene – disse il Ghiro.

Questa risposta confuse tanto la povera Alice, che lasciò il Ghiro continuare il suo racconto senza più interromperlo.

– Imparavano a tirar fuori –, continuò il Ghiro, sbadigliando e stropicciandosi gli occhi, perché aveva molto sonno, – e tiravano fuori cose d'ogni genere... tutte cose che cominciano per M...

– Perché quelle che cominciano per M...? – domandò Alice.

– E perché no? – disse la Lepre.

Alice restò zitta.

Intanto il Ghiro aveva chiuso gli occhi e s'era addormentato. Allora il Cappellaio gli dette un pizzicotto e il Ghiro, con un grido di dolore, riprese: – ...tutte le cose che cominciano per M, come mano, misura, mela, memoria, moltissimo... per esempio noi spesso diciamo: *molto moltissimo*... avete mai visto tirar fuori da un pozzo qualcosa come – *molto moltissimo* ?

– Veramente, adesso che me lo chiedi, non ricordo... – disse Alice, che era sempre più confusa.

– Allora non dovresti mai parlare – disse il Cappellaio.

Una tale scortesia andava oltre ogni misura. Alice non poteva più sopportarla, perciò si alzò indignata e fece per andarsene.

Il Ghiro ne approfittò subito per addormentarsi e nessuno degli altri due mostrò di far caso alla sua partenza, sebbene Alice si voltasse indietro un paio di volte, sperando che la richiamassero. L'ultima volta che si voltò vide che stavano tentando di ficcare il Ghiro dentro la teiera.

– Non tornerò più in *questo* posto, in nessun modo! – disse Alice tra sé, avviandosi verso il bosco. – È stato il tè più idiota al quale abbia mai preso parte nella mia vita.

Aveva appena finito di parlare, quando notò un albero nel cui tronco si trovava una porticina. – Com'è strano! – pensò. – Ma oggi tutto è strano. Forse è meglio che entri subito.

Ed entrò. Ancora una volta si trovò nella grande sala, accanto al tavolino di vetro che conosceva così bene. – Questa volta saprò come regolarmi! – disse. Prese la piccola chiave d'oro, aprì la porticina del giardino, dette un morso al suo pezzo di fungo (ne aveva conservato un po' in tasca) e divenne alta una trentina di centimetri. Finalmente poté entrare nel piccolo corridoio che conosciamo. Poi... si trovò finalmente nel bellissimo giardino, tra le aiuole dai molti colori e le fresche fontane.

CAPITOLO OTTO

La partita a croquet della Regina

Vicino all'entrata del giardino c'era una grande aiuola di rose. Vi fiorivano magnifiche rose bianche, ma tre giardinieri si affannavano tutto intorno a dipingerle di rosso.

Alice pensò che la cosa era molto strana e si avvicinò per vedere meglio. Non appena si fu avvicinata, sentì uno dei giardinieri che diceva: – Sta' attento, Cinque! Non mi schizzare addosso la vernice!

– Non è colpa mia – rispose Cinque seccato. – È Sette che mi ha urtato il gomito.

Sette, che aveva sentito, lo guardò e disse: – E bravo Cinque!

Dai sempre la colpa agli altri!

– *Tu* faresti meglio a star zitto! – rispose Cinque. – Proprio ieri ho sentito che la Regina ha detto che ti farà decapitare!

– Perché? – domandò quello che aveva parlato per primo.

– È un affare che non *ti* riguarda, Due! – disse Sette.

– Invece è un suo affare! – disse Cinque. – Adesso glielo dico io... è perché hai portato alla cuoca i bulbi di tulipano, invece delle cipolle.

Sette buttò via il pennello e stava già dicendo: – Di tutte le cose ingiuste... – quando gli cadde lo sguardo su Alice, la quale li stava osservando. Si fermò di colpo e gli altri alzarono lo sguardo.

Poi s'inchinarono tutti sin quasi a terra.

– Per favore, volete spiegarmi – disse Alice con la voce un po' timida – perché state dipingendo quelle rose? – Cinque e Sette guardarono Due in silenzio. Due disse piano: – Vedete, signorina, il fatto è che, in questo posto, avrebbe dovuto esserci un'aiuola di rose *rosse*. Invece noi, per sbaglio, abbiamo piantato delle rose bianche. Se la Regina dovesse scoprirlo, farebbe tagliare la testa a tutti. Per questo, come vedete, stiamo facendo il possibile per mettere le cose a posto prima che arrivi...

In quell'istante Cinque, che continuava a guardare preoccupato al di là del recinto del giardino, urlò: – La Regina, la Regina!

I tre giardinieri in un baleno si buttarono allora con la faccia a terra.

Poco dopo si udì un rumore di passi e Alice si voltò perché

voleva vedere la Regina.

Per primi comparvero dieci soldati, armati di bastoni. Erano tutti simili ai tre giardinieri: avevano i corpi piatti e oblunghi, con le mani e i piedi ai quattro angoli. Dietro venivano dieci cortigiani vestiti a festa e adorni di diamanti. Anch'essi camminavano a due a due, come i soldati.

Dopo di loro venivano dieci principini. Erano ornati di cuori e saltellavano tenendosi per mano a due a due.

Seguivano gli ospiti, per lo più Re e Regine. Tra di loro Alice scorse anche il Coniglio Bianco, il quale parlava svelto e nervoso

e si capiva che era inquieto perché, a ogni cosa che gli dicevano, sorrideva distratto. Non si accorse neppure di Alice.

Poi venne avanti il Fante di Cuori, che portava la corona del Re su un cuscino di velluto cremisi. Infine, in coda alla lunga processione, avanzarono il Re e la Regina di Cuori.

Alice rimase incerta per un po', chiedendosi se doveva buttarsi con la faccia a terra, come i tre giardinieri. Però ricordava che non aveva mai sentito parlare di una simile abitudine di fronte ai cortei reali. "A cosa servirebbe un corteo" pensò "se la gente deve buttarsi a pancia a terra e non può vedere niente?" Perciò rimase in piedi e aspettò.

Non appena il corteo arrivò davanti ad Alice, si fermò e tutti la guardarono. La Regina chiese con voce severa: – Chi è quella?

Il Fante di Cuori, in segno di risposta, s'inchinò e sorrise.

– Idiota! – disse la Regina, scuotendo impaziente la testa; e rivolta ad Alice: – Come ti chiami, bambina?

– Mi chiamo Alice, agli ordini di Vostra Maestà – disse Alice con molto garbo. E intanto pensava: – In fondo non si tratta che di un mazzo di carte. Perché dovrei averne paura?

– E *questi* chi sono? – disse la Regina, indicando i tre giardinieri che erano ancora prostrati vicino all'aiuola di rose. Perché, vedete, fin quando quei tre continuavano a starsene con la faccia a terra, la Regina non avrebbe mai potuto sapere se erano giardinieri, soldati, cortigiani o magari i suoi figli. Il loro dorso era identico a quello di tutto il mazzo. – Come faccio a saperlo io? – disse Alice, sorpresa per il suo stesso coraggio. – Non è una cosa che *mi* riguarda.

A queste parole il volto della Regina diventò rosso per la rabbia.

Dopo aver rivolto ad Alice uno sguardo feroce, essa urlò: – Tagliatele la testa! Via....

– È una parola! – disse Alice, con voce alta e sicura. La Regina rimase muta.

Il Re posò la mano sul braccio della consorte e disse timidamente: – Rifletti, mia cara: è solo una bambina!

La Regina, furiosa, voltò le spalle al marito. Poi disse al Fante: – Voltali.

Il Fante eseguì l'ordine e voltò un piede.

– Alzatevi! – tuonò allora la Regina con la voce stridula e infuriata. I tre giardinieri balzarono in piedi e cominciarono a inchinarsi al Re, alla Regina, ai principini e a tutti gli invitati.

– Finitela! – urlò la Regina. – Mi fate girare la testa. Che *cosa* facevate, qui?

– Agli ordini di Vostra Maestà, noi stavamo... – disse Due umilmente e mettendo un ginocchio a terra mentre parlava.

– *Vedo*! – esclamò la Regina, che intanto aveva esaminato attentamente le rose. – Tagliate loro la testa! – Il corteo riprese il suo cammino e restarono indietro soltanto tre soldati incaricati di giustiziare gli infelici giardinieri. Ma questi corsero a rifugiarsi accanto ad Alice.

– Non riusciranno a decapitarvi – disse Alice. E li mise in un grosso vaso di fiori che stava lì vicino. I tre soldati cercarono i giardinieri per un minuto o due, guardandosi intorno, poi se ne andarono tranquilli appresso agli altri.

– Avete tagliato quelle teste? – domandò loro la Regina.

– Maestà, le loro teste se ne sono andate! – risposero in coro i tre soldati.

– Bene! – gridò la Regina. – Sai giocare a croquet? – I soldati rimasero in silenzio. Tutti guardarono Alice, perché la domanda era rivolta evidentemente a lei.

– Sì – rispose Alice.

– Vieni qui, allora! – ruggì la Regina. E così anche Alice si unì al corteo, curiosa di vedere che cosa stava per accadere.

– Che bella giornata! – disse accanto a lei una voce timida e sottile.

Al suo fianco stava il Coniglio Bianco, che la scrutava con molta attenzione.

– È vero! – rispose Alice. – Ma dov'è la Duchessa?

– Ssst! ssst! – bisbigliò allora il Coniglio, guardandosi sospettoso alle spalle. Poi si alzò in punta di piedi, avvicinò la bocca all'orecchio di Alice e le sussurrò: – È stata condannata a morte.

– Perché? – disse Alice.

– Hai detto: "Che peccato"? – domandò il Coniglio.

– No, non l'ho detto – disse Alice. – Non credo che sia poi un gran peccato. Ho detto: "Perché"?

– Ha tirato le orecchie alla Regina... – disse il Coniglio. Ma Alice scoppiò a ridere.

– Oh, ssst! – mormorò Coniglio, con tono spaventato. – La Regina potrebbe sentirti! La Duchessa era arrivata tardi e la Regina le aveva detto...

– Ai vostri posti! – gridò a questo punto la Regina con voce di tuono.

Tutti si misero a correre in ogni direzione, tanto che si urtavano l'un con l'altro. Però dopo un paio di minuti tutti furono a posto e il gioco cominciò. Alice rifletteva: non aveva mai visto un campo da gioco così curioso in tutta la sua vita. Era tutto pieno di solchi e di zolle.

I porcospini, vivi, facevano da palle. I fenicotteri da mazze, con cui bisognava colpire la palla per farla entrare negli archi.

Gli archi, poi, erano i soldati, che dovevano restare piegati ad arco, tenendo contemporaneamente le mani e i piedi a terra. Per Alice la difficoltà maggiore fu di abituarsi a maneggiare un fenicottero vivo come mazza. In ogni modo riuscì ad aggiustarsi in qualche modo quell'uccello sotto il braccio, lasciando che le zampe andassero per conto loro. Però ogni volta che tentava di mettere il collo dell'animale nella posizione giusta per dare un colpo al porcospino, l'uccello si *voltava* a guardarla con un'aria così buffa, che Alice non poteva trattenersi dal ridere. E quando, dopo avergli rimesso giù la testa, si preparava a un nuovo tiro, s'accorgeva che il porcospino, stanco d'aspettare, se n'era andato per i fatti suoi dopo essersi srotolato tutto. In più c'era sempre una zolla o un solco che impediva il tiro ad Alice, sia nell'una che nell'altra direzione. A loro volta i soldati, piegati ad arco, si rimettevano dritti e andavano da un punto all'altro del campo. Così Alice fu costretta a concludere che per lei il gioco era troppo difficile.

Tutti i giocatori ormai giocavano senza rispettare i loro posti, a ogni istante avvenivano litigi o battaglie per appropriarsi di qualche palla-porcospino.

Ben presto anche la Regina fu presa dalla furia del gioco: pestava i piedi e non faceva che gridare continuamente: – Tagliategli la testa! – oppure – Tagliatele la testa!

Alice era piuttosto preoccupata: a dire la verità non aveva ancora avuto questioni con la Regina, ma sapeva benissimo che questo poteva succedere da un momento all'altro.

"E allora" pensava "che sarà di me? È un'ossesione questa di voler tagliare le teste a ogni costo!"

C'è da meravigliarsi che non siano ancora tutti morti! – Era disperata. Si guardò intorno per cercare una via d'uscita, un posto dal quale potesse svignarsela senza essere vista. Allora si accorse che qualcosa di strano compariva all'improvviso, come sospeso a mezz'aria. Dapprima ne restò molto impressionata, ma dopo un po' riuscì a scorgere nella visione un sogghigno, e disse fra sé: "È il Ghignagatto: ora finalmente potrò parlare con qualcuno!"

– Come va? – domandò il Ghignagatto, non appena apparve di lui quel tanto di bocca che bastava per parlare.

Alice aspettò che comparissero anche gli occhi e poi scosse il capo.

– È inutile parlare – si diceva. – Aspetterò che compaiano le orecchie, o almeno una.

Un attimo dopo infatti era già comparsa tutta la testa.

Alice abbandonò il suo fenicottero e cominciò a raccontare al Ghignagatto com'era andata la partita a croquet. Era contenta che ci fosse finalmente qualcuno ad ascoltarla. Il Ghignagatto evidentemente pensava che fosse già abbastanza quello che era visibile di lui, perché il resto del corpo non apparve più. – Credo anche che imbroglino – cominciò a dire Alice con voce lamentosa. – E litigano così aspramente tra di loro, che non riescono neanche a sentirsi l'uno con l'altro... sembra che nessuno abbia un compito di squadra e anche se l'avessero nessuno ci bada... e poi non hai idea di come uno si confonda a giocare con tutte queste cose vive. Per esempio, sto per infilare un archetto e fare un punto ed ecco che all'improvviso l'archetto se ne va all'altro lato del campo... Per dirtene una, poco fa stavo per fare goal nella porta della Regina quando il mio porcospino è scappato via proprio nel momento in cui stavo per segnare!

– Ti piace la Regina? – le chiese il Ghignagatto a bassa voce.

– Per niente! – rispose pronta Alice. – È così... – Non finì la

frase perché s'accorse d'avere alle spalle proprio la Regina, – ...è così brava, così brava – aggiunse – che sarà già molto non fare troppa brutta figura nella partita.

La Regina sorrise e passò oltre.

– Con *chi* stai parlando? – chiese poi il Re avvicinandosi ad Alice e guardando con molta curiosità la testa del gatto.

– È un mio amico... il Ghignagatto –, disse Alice. – Permettete che ve lo presenti?

– Ha uno sguardo che non mi piace per nulla – disse il Re. – Comunque, se proprio vuole, può baciarmi la mano.

– Preferisco di no – rispose il Ghignagatto.

– Non essere insolente! – disse il Re. – E non guardarmi così! – Intanto, mentre parlava, si era messo dietro ad Alice.

– Un gatto può guardare un Re – disse Alice. – L'ho letto in qualche posto, ma non ricordo dove.

– Mandatelo via! – gridò il Re, indignato. Poi chiamò la Regina, che in quel momento passava di lì, e gridò: – Mia cara, vuoi farmi il favore di mandare via quel gatto? – La Regina, che aveva un unico modo di risolvere le difficoltà, di qualsiasi genere, gridò: – Tagliategli la testa!

E non degnò il consorte neppure di uno sguardo.

– Corro io stesso a cercare il boia – disse subito il Re. E volò via.

Alice pensò di guardare un po' il gioco, dato che la voce irata della Regina giungeva da lontano. Aveva già sentito condannare a morte tre giocatori per essersi assentati e la cosa la impensieriva molto. La partita era diventa così confusa, che non era più possibile sapere quale fosse il proprio posto. Alice si mise perciò alla ricerca del suo porcospino.

Il suo porcospino aveva ingaggiato battaglia con un altro porcospino.

Questo sembrò ad Alice una magnifica occasione per colpirli e segnare due punti in una volta. Ma c'era una difficoltà: il suo fenicottero se n'era andato dalla parte opposta del campo e di qui tentava inutilmente di volarsene su un albero. Quando Alice, dopo aver catturato il fenicottero, tornò sui suoi passi, s'accorse che la battaglia tra i due porcospini era finita: essi non c'erano più.

– Pazienza! – pensò Alice. – E poi se ne sono andate via anche le porte.

Così dicendo si mise sotto il braccio l'uccello, perché non scappasse di nuovo, e tornò a conversare con il suo amico.

Mentre si dirigeva verso il posto dove aveva lasciato il Ghignagatto, si accorse che una grande folla si era raccolta intorno a lui. Era sorto un litigio clamoroso tra il boia, il Re e la Regina, e tutti e tre gridavano insieme a perdifiato. Gli altri intanto stavano a guardare in silenzio e sembravano tutti a disagio.

Quando apparve Alice, i tre contendenti la chiamarono in causa perché risolvesse la questione. Ognuno le ripeté i suoi argomenti. Ma siccome continuavano a parlare in coro, ad Alice riuscì molto difficile capire quel che dicevano. Il boia diceva che non si poteva tagliare una testa se questa non era attaccata a un corpo. Diceva anche che una cosa simile non l'aveva mai fatta e non voleva cominciare a farla alla *sua* età.

Il Re argomentava che ogni cosa con una testa può essere, com'è chiaro, decapitata. Il resto erano tutte sciocchezze.

La Regina argomentava che, se non si fosse fatto qualcosa subito, avrebbe fatto decapitare tutti. (Questo argomento era, come tutti possono constatare, non solo il più convincente, ma anche tale da suscitare nell'intera comitiva le più vive preoccupazioni).

In tutta questa confusione, Alice non trovò niente di meglio che rispondere: – Il Ghignagatto appartiene alla Duchessa; meglio chiedere a *lei*.

– È in prigione – disse la Regina; si rivolse al boia e ordinò: – Conducila qui.

Il boia partì come un fulmine.

Nello stesso momento la testa del Ghignagatto cominciò a scomparire. Quando il boia tornò con la Duchessa, la testa era completamente svanita nell'aria. Allora il Re e il boia, non riuscendo a rendersi conto di una così strana scomparsa, continuarono a correre in su e in giù per il campo alla ricerca di quel gatto sfacciato. Gli altri invece ripresero a giocare.

CAPITOLO NOVE

La storia della finta Tartaruga

– Non puoi immaginare che piacere mi fa riverderti, mia cara e vecchia amica! – disse la Duchessa ad Alice prendendola sotto braccio e incamminandosi con lei.

Alice fu molto contenta di vederla così di buon umore e pensò che era forse colpa del pepe se l'aveva trovata tanto bisbetica quando era stata nella sua cucina.

– Quando *io sarò* Duchessa –, si diceva (tuttavia non ne era molto convinta) – nella mia cucina non ci sarà *neanche* un granello di pepe. Del resto la zuppa è ottima anche senza pepe. Anzi credo che sia proprio il pepe a rendere la gente così irascibile – aggiunse molto compiaciuta d'aver trovato una nuova regola di vita.

– L'aceto inacidisce, la camomilla rende amari... e.... e.... lo zucchero d'orzo e le cose dello stesso tipo rendono i bambini amabili e gentili. I grandi *dovrebbero* saperlo: non starebbero più a lesinarci i dolci.

Seguendo il corso di questi pensieri, Alice aveva quasi dimenticata la Duchessa. Perciò ebbe un sussulto quando la Duchessa fece sentire la sua voce accanto a lei. – Stai pensando a qualcosa, cara? – le domandò.

– Ecco perché ti sei dimenticata di parlare. Non posso dirti adesso quale sia la morale di tutto ciò, ma tra un minuto me ne ricorderò.

– Forse non c'è – si arrischiò a osservare Alice.

– Eh, no, cara! – disse la Duchessa. – Tutte le cose hanno una morale: basta saperla trovare.

A questo punto si avvicinò ancor di più ad Alice, la quale però non aveva piacere di starle così vicina. Primo, perché la Duchessa era *molto* brutta, e, secondo, perché aveva proprio l'altezza esatta per ficcarle il mento contro la spalla: ed era un mento terribilmente appuntito. Tuttavia Alice non volle mostrarsi sgarbata e sopportò la vicinanza con pazienza.

– Sembra che il gioco vada un po' meglio adesso – disse tanto per dire qualcosa.

– Proprio così – disse la Duchessa. – E la morale di questo è.... oh, è l'amore, è l'amore a far girare il mondo!

– Qualcuno ha detto –, rispose Alice – che il mondo avrebbe girato molto meglio se ognuno avesse pensato soltanto agli affari suoi.

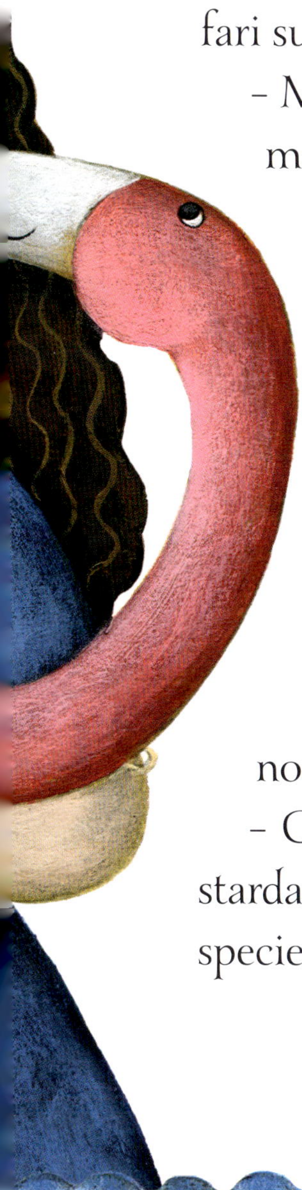

– Ma è la stessa cosa – disse la Duchessa, conficcando il suo mento appuntito nella spalla di Alice. – E la morale è *questa:* preoccupati del significato e le parole si metteranno a posto da sé.

"È una mania voler trovare la morale in tutte le cose!" pensò Alice.

Dopo una pausa, la Duchessa riprese: – Scommetto che ti stai chiedendo perché non passo il braccio attorno alla tua vita. Ma una ragione c'è. Ho paura del tuo fenicottero. Posso provare?

– Potrebbe beccare – rispose prudentemente Alice, che non sembrava molto ansiosa di fare quella prova.

– Giustissimo! – disse la Duchessa. – I fenicotteri e la mostarda pizzicano. E la morale è questa: – Gli uccelli della stessa specie vanno a stormi.

– La mostarda non è un uccello! – osservò Alice.

E la duchessa rispose: – Tu hai sempre un modo molto chiaro di esporre le cose!

– *Credo* sia un minerale – disse Alice.

– Certo – disse la Duchessa. Essa sembrava pronta a confermare tutto quello che diceva Alice. – Qui vicino c'è una grande miniera di mostarda. E questa è la morale: – Più ne avrai tu e meno ne avrò io!

– Oh, io lo so! – esclamò Alice, che non aveva udito le ultime osservazioni della Duchessa. – È un vegetale. Non sembra, ma è un vegetale.

– Sono quasi d'accordo con te – disse la Duchessa. – E la morale è questa: – Sii quello che vuoi sembrare di essere.

Oppure, per dirlo più semplicemente: – Non immaginare mai né d'essere diversa da quello che può sembrare agli altri che tu sia o possa essere stata o potresti diventare; né diversa da quella che avresti dovuto essere per apparire agli altri diversa.

– Forse capirei meglio – disse Alice molto educatamente – se lo vedessi scritto. Così a voce, mi dispiace, non riesco a star dietro alle parole.

– Questo non è niente! Se tu sapessi quali cose potrei dire, se ne avessi voglia! – rispose la Duchessa compiaciuta.

– Prego, non si affatichi troppo a dire qualcosa di così lungo! – replicò Alice.

– Oh, non parlarmi di fatica! – disse la Duchessa. – Ti regalo con piacere tutto quello che ho detto finora.

"È un regalo molto a buon mercato" pensò Alice. "Meno male che quando compio gli anni non mi fanno regali come questo!" Tuttavia non osò esprimere il suo pensiero ad alta voce.
– Stai ancora pensando? – le chiese la Duchessa, dandole un altro colpo con il mento appuntito.

– Ne avrò pure il diritto! – rispose Alice seccamente. Ormai cominciava ad arrabbiarsi.

– Ne hai lo stesso diritto che hanno i porci di volare! – esclamò la Duchessa. – E la morale... –

A questo punto, con grande sorpresa di Alice, la voce della Duchessa si spense, proprio mentre pronunciava la sua parola preferita: «morale».

Il braccio infilato sotto quello di Alice cominciò a tremare.

Alice allora alzò gli occhi e vide che davanti a loro c'era la Regina, con le braccia conserte e le ciglia aggrottate. "Aria di temporale!" pensò Alice.

– Bella giornata, Maestà! – cominciò a dire la Duchessa con voce fioca e spaurita.

– Ti avviso finché sei in tempo – tuonò per tutta risposta la Regina, che intanto batteva furiosa il piede per terra. – Una delle due, o tu o la tua testa, deve sparire di qui all'istante.

Scegli! – La Duchessa non esitò un istante nella scelta. Un attimo dopo era scomparsa.

– Continuiamo la partita – disse la Regina ad Alice. Alice era troppo spaventata per poter dire una sola parola. Perciò la seguì lentamente, a capo chino.

Gli altri invitati, intanto, avevano approfittato dell'assenza della Regina per sdraiarsi all'ombra e riposare. Ma non appena la videro tornare, si affrettarono a riprendere il gioco, spaventati. Un attimo di ritardo avrebbe potuto costar loro la testa.

Per tutto il tempo che durò la partita, la Regina non smise mai di litigare con i giocatori e di gridare di tanto in tanto: - Tagliategli la testa! - oppure: - Tagliatele la testa! - Tutti quelli che la Regina condannava a morte venivano consegnati ai soldati, i quali perciò dovevano smettere di fare da porte.

Dopo mezz'ora non ci furono più né porte né soldati. E tutti i giocatori, tranne il Re, la Regina e Alice, erano condannati alla pena capitale.

Allora la Regina smise di giocare e, quasi senza fiato, si rivolse ad Alice: - Non hai ancora visto la Finta Tartaruga?

- No - disse Alice. - E non so neppure che cosa sia.

- È quella che si usa per fare la Finta Zuppa di Tartaruga - spiegò la Regina ad Alice.

- Non ne ho mai vista una. E non ne ho mai sentito parlare - ripeté Alice.

- Vieni con me - disse la Regina. - Ti farò raccontare la sua storia.

Mentre camminavano, Alice sentì il Re che diceva a tutti gli invitati: - Andate! Andate! Siete tutti graziati!

- *Questa* è una buona idea! - pensò Alice, che si sentiva molto afflitta al pensiero di tutte quelle esecuzioni.

Dopo aver camminato un po' arrivarono dove c'era un Grifone sdraiato a dormire sotto al sole. (Se non sapete cos'è un Grifone, guardate la figura) – Sveglia, pelandrone! – gli disse la Regina. – Accompagna la signorina dalla Finta Tartaruga e falle raccontare la sua storia. Io vado ad assistere alle esecuzioni che ho ordinato.

Abbandonò Alice sola con il Grifone e se ne andò. Ad Alice, lo strano aspetto della bestia non piaceva molto. Ma poi pensò che in fondo poteva essere più tranquilla se andava via con quell'animale, che se restava accanto a una simile Regina. Quindi aspettò che succedesse qualche cosa.

Il Grifone si mise a sedere, si strofinò gli occhi e aspettò che la Regina fosse sparita completamente. Allora si mise a ridere. – Che commedia! – disse un po' parlando a sé stesso, un po' rivolto ad Alice.

– Quale commedia? – chiese Alice.

– La *sua* – chiarì il Grifone. – È tutta una sua fantasticheria. Non ho visto giustiziare mai nessuno. Vieni!

– Qui tutti mi dicono: «Vieni!» – sospirò Alice. E mentre lo seguiva aggiunse: – Non ho mai ricevuto tanti ordini in vita mia.

Dopo aver fatto un pezzo di strada, videro da lontano la Finta Tartaruga che se ne stava triste e desolata su una roccia. Non appena le furono più vicini, Alice la sentì singhiozzare come se avesse il cuore spezzato. Allora provò per lei una grande compassione.

– Che dispiaceri ha? – domandò al Grifone. Il Grifone rispose press'a poco con le stesse parole di prima: – È tutta una fantasticheria! Non ha nessun dispiacere. Vieni!

Così si avvicinarono alla Finta Tartaruga, la quale li guardò con i suoi grandi occhi pieni di lacrime, ma non disse una parola.

– Qui c'è una signorina – disse il Grifone – che vorrebbe conoscere la tua storia.

– Gliela dirò – rispose la Finta Tartaruga. Aveva una voce stanca ma profonda. – Sedetevi tutt'e due. Ma non dite niente finché non avrò finito.

Alice e il Grifone si sedettero e, per qualche minuto, nessuno parlò. Alice pensava: "Come farà a finire, se prima non comincia?" Ma continuò ad aspettare in silenzio.

– Una volta – disse infine la Finta Tartaruga con un profondo sospiro – ero una tartaruga vera.

Queste parole furono seguite da un lunghissimo silenzio, rotto soltanto dal rumore che faceva il Grifone, ogni tanto, raschiandosi la gola. La Finta Tartaruga, da parte sua, singhiozzava di continuo e rumorosamente.

Alice stava per alzarsi e dire: – Grazie, signora, per l'interes-

sante racconto –. Ma poi non lo fece perché pensò che doveva esserci un seguito e rimase seduta senza parlare.

– Quando eravamo piccoli –, continuò finalmente la Finta Tartaruga, con più calma, ma singhiozzando ancora di tanto in tanto, – ci misero in un collegio in fondo al mare. La maestra era una vecchia Tartaruga e noi la chiamavamo Testuggine...

– Perché la chiamavate così? – domandò Alice.

– La chiamavamo Testuggine perché era la maestra, disse irritata la Finta Tartaruga. – Che cos'hai nella testa?

– Dovresti vergognarti di fare domande così stupide! – aggiunse il Grifone. E tutti e due gli animali restarono a guardare Alice in silenzio. Alice avrebbe voluto sprofondare sotto terra.

Alla fine il Grifone disse alla Finta Tartaruga: – Fai presto, vecchia! Non vorrai metterci tutto il giorno!

La Tartaruga riprese: – Sì, eravamo dunque in un collegio in fondo al mare, anche se tu non ci credi...

– Non ho detto che non ci credo! – protestò Alice.

– Sì, che l'hai detto! – sostenne la Finta Tartaruga.

– Zitta! – intimò il Grifone ad Alice, prima che lei potesse rispondere.

La Finta Tartaruga continuò: – Ricevemmo la migliore educazione... infatti andavamo a scuola tutti i giorni...

– *Anch'io* andavo a scuola tutti i giorni – disse Alice. – Non dovresti vantarti tanto, di questo.

– Era una scuola con i corsi speciali? – domandò la Tartaruga con voce ansiosa.

– Sì – disse Alice. – Studiavo francese e musica!

– E studiavi bucato? – domandò la Finta Tartaruga.

– No – rispose Alice meravigliata.

– Allora la tua scuola non era una delle migliori! – disse la Finta Tartaruga con un tono molto soddisfatto. – Nella *nostra* mettevano in fondo alla pagella: francese, musica e *bucato* corsi speciali.

– A che cosa serviva il bucato, se vivevate in fondo al mare? – domandò Alice.

– Non l'ho mai saputo – disse con un sospiro la Finta Tartaruga. – Ho frequentato soltanto i corsi normali.

– Cos'hai studiato? – domandò Alice.

– Prima di tutto le locali e le consolanti, naturalmente – rispose la Finta Tartaruga. – Poi le quattro operazioni: Ambizione, Sostazione, Mortificazione e Derisione.

– Non ho mai sentito parlare di Sostazione: che cos'è? – s'azzardò a chiedere Alice.

Il Grifone batté le zampe. Appariva enormemente sorpreso: – Come, non hai mai sentito parlare di Sostazione? – le chiese. – Saprai, spero, che cosa significa Affrettare.

– Sì – rispose Alice un po' dubbiosa. – Vuol dire... spingere qualcosa... spingere qualcuno... a fare più presto.

– E allora –, concluse il Grifone – se non sai che cosa significa Sostazione, vuol dire proprio che *sei* una sciocca!

Alice non si sentì certamente invogliata a fare altre domande.

Si rivolse alla Finta Tartaruga e le chiese: – Che altro studiavate?

– Studiavamo anche la Scoria – rispose la Finta Tartaruga, contando le materie sulla punta delle squame.

– Scoria antica e moderna e Mareografia. Poi c'era il Disdegno... la professoressa di Disdegno era una vecchia anguilla, che di solito veniva soltanto una volta alla settimana. Ci insegnava Disdegno, frittura su tela e pesce affresco.

– Che *cosa?* – domandò Alice.

– Non te lo posso spiegare. A parlare di pesce affresco mi sento tutta intirizzita – disse la Finta Tartaruga. – E il Grifone non lo sa perché non l'ha mai studiato.

– Non ne ho avuto il tempo – disse il Grifone. – Io ho fatto gli studi classici. Il mio maestro era un vecchio granchio, *Era*.

– Non ho mai preso lezioni da lui – disse con un sospiro la Finta Tartaruga. – Insegnava Greto e Catino, vero?

– Proprio così, proprio così – disse il Grifone. E questa volta fu lui a sospirare. Poi tutt'e due nascosero la faccia tra le zampe.

– Quante ore di scuola al giorno facevate? – domandò allora Alice, per cambiare discorso. – Dieci ore il primo giorno –, spiegò la Finta Tartaruga – nove il secondo, e così via.

– Che strano orario! – esclamò Alice.

– Ma è per questo che si chiama scuola! – osservò stupito il Grifone.

– Infatti se tu sostituisci una "a" "a" "uo"', invece di *scuola* ottieni *scala*. E perciò ogni giorno si scala un'ora.

Questa era una cosa del tutto nuova per Alice, la quale stette a pensarci su, prima di azzardare un'altra domanda. – E allora ogni undici giorni facevate vacanza?

– Certamente – disse la Finta Tartaruga.

– E che cosa facevate il dodicesimo? – insisté Alice.

– Basta, non parliamo più della scuola! – disse il Grifone con tono deciso. – Parliamo invece dei giochi adesso.

CAPITOLO DIECI

La quadriglia delle aragoste

La Finta Tartaruga trasse un profondo sospiro e si passò sugli occhi il dorso d'una squama. Poi dette un'occhiata ad Alice e stava per parlare, quando a un tratto i singhiozzi le troncarono la voce.

– Sembra che abbia un osso nella gola – disse il Grifone. E si mise a scuoterla e a batterla sulla schiena.

Finalmente la Finta Tartaruga riacquistò la voce e, mentre le lacrime le scorrevano lungo le guance, continuò: – Tu non devi aver vissuto per molto tempo in fondo al mare... (– No davvero – disse Alice).

– E forse non sei mai stata presentata a un'Aragosta... – (Alice stava per dire: – Una volta ne ho assaggiata una... – ma si trattenne in tempo e disse, invece: – No, mai –) ... e così non puoi aver nemmeno idea di quanto sia meravigliosa una Quadriglia di Aragoste!

– No, certo – disse Alice. – Che ballo è?

– In primo luogo –, spiegò il Grifone – ci si dispone in una lunga fila sulla spiaggia...

– Due file! – gridò la Finta Tartaruga. – Foche, tartarughe, e via di seguito. Poi, quando sono state spazzate via dalla sabbia le meduse...

– *Questo* di solito porta via qualche tempo – interruppe il Grifone.

– ... si fanno due passi in avanti...

– Ognuno ha per dama un'Aragosta! – gridò il Grifone.

– Naturalmente –, disse la Finta Tartaruga. – Si fanno due passi in avanti, ci si inchina alla dama...

– ... si scambiano le Aragoste e si fa un passo indietro, sempre in fila – continuò il Grifone.

– Poi –, proseguì la Finta Tartaruga – si lanciano le...

– ...le Aragoste! – gridò il Grifone, spiccando un gran salto in aria.

– ...in mare, il più lontano possibile!...

– ...e si corre a riprenderle a nuoto – strillò il Grifone.

– ...si fa una capriola nell'acqua! – gridò la Finta Tartaruga, saltellando come se fosse impazzita.

– ...si scambiano di nuovo le Aragoste! – urlò il Grifone.

– E si ritorna sulla riva. E questa... è la prima figura –, disse la Finta Tartaruga, abbassando improvvisamente il tono della voce. Poi i due animali, che avevano saltato come matti fino a quel momento, tornarono di colpo a sedere tranquilli e malinconici, guardando muti la povera Alice.

– Dev'essere davvero un bel ballo! – disse timidamente Alice.

– Vuoi vederne una prova? – le domandò la Finta Tartaruga.

– Mi piacerebbe molto! – esclamò Alice.

– Proviamo la prima figura! – disse la Finta Tartaruga al Grifone.

– Possiamo fare anche senza Aragoste. Chi canta?

– Oh, canta *tu* – disse il Grifone. – Io ho dimenticato le parole!

A questo punto i due animali cominciarono a ballare compunti intorno ad Alice e di tanto in tanto le pestavano i piedi, dato che le si stringevano troppo vicino.

Agitando le zampe anteriori per battere il tempo, la Finta Tartaruga, con voce strascicata e malinconica, cantava:

Disse il Merluzzo alla Lumaca
dando sfoggio di gran voce:
«Ho un delfino alle calcagna,
non puoi andare più veloce?
Guarda lì le tartarughe,
entusiaste sulla costa.
Sono pronte per ballare
con la loro aragosta!
Dai, dammi una speranza:
vuoi o non vuoi, vuoi o non vuoi?
Non vuoi unirti alla danza?

Vuoi o non vuoi, vuoi o non vuoi?
Non vuoi unirti alla danza?

Non puoi neanche immaginare
che bellezza la quadriglia:
essere lanciati in mare
è una vera meraviglia!»
«Troppo strada c'è da fare!»
Gentilmente la Lumaca
declinò la sua proposta
di sguazzare in mezzo al mare
sottobraccio a un'aragosta.
Non gli dava una speranza:
non poteva, non voleva...
non si univa alla danza.

«Che ti importa se è lontano?
C'è una riva anche di là.
Forza, andiamo un po' a ballare!
...Ma davvero non ti va?
Dai, dammi una speranza:
vuoi o non vuoi, vuoi o non vuoi?
Non vuoi unirti alla danza?
Vuoi o non vuoi, vuoi o non vuoi?
Non vuoi unirti alla danza?

– Vi ringrazio di cuore, è veramente un bel ballo – disse Alice, contenta che fosse finito. – E mi piace moltissimo anche quella strana canzone sul Merluzzo.

– A proposito di Merluzzi – disse la Finta Tartaruga. – Immagino che tu li conosca, vero?

– Sì –, rispose Alice – spesso li ho visti a pran... – e non finì la parola.

– Non so dove sia Pran – disse la Finta Tartaruga.

– Ma se ne hai visti molti, saprai come sono fatti.

– Certo! – rispose Alice pensierosa. – Hanno la coda in bocca... e sono tutti ricoperti di maionese!

– Riguardo alla maionese, ti sbagli – disse la Finta Tartaruga. – Il mare se la porterebbe subito via. Ma la coda in bocca l'*hanno* veramente, e la ragione è... – A questo punto la Finta Tartaruga sbadigliò, socchiuse gli occhi, e rivolta al Grifone, disse: – Per favore, raccontale tu la ragione.

– La ragione è... – spiegò il Grifone – ...che *vollero* ballare con le Aragoste e furono buttati in mare. Siccome andarono a cadere molto lontano, si presero la coda in bocca e non poterono lasciarla più. Ecco tutto.

– Grazie –, disse Alice – è molto interessante. Non avevo mai saputo tante cose sui Merluzzi.

– Te ne posso raccontare molte anche sui Naselli, se ti fa piacere – propose il Grifone. – Sai perché si chiamano Naselli?

– Non ci ho mai pensato... – confessò Alice. – Perché?

– *Perché sono nipoti dei nasi!* – spiegò il Grifone soddisfatto.

Alice restò sbalordita: – Nipoti dei nasi! – ripeté con aria pensosa.

– Certo, dei nasi! – confermò il Grifone. – E il *tuo*, del resto, credi forse che sia un naso? –

Alice, incrociando gli occhi, tentò di scrutare il suo nasino. Era pensierosa e stette a riflettere un attimo prima di domandare: – E che cos'è, per favore, se non è un naso? –

– Guardalo bene: non è un naso, è un Nasello – spiegò con voce spazientita il Grifone.

– Qualunque Gamberetto, o Sogliola, o Anguilla lo saprebbe. E almeno, ricordatelo!

– Se il mio naso è un Nasello –, disse Alice, che stava ancora riflettendo su quella stupefacente rivelazione del Grifone, – se è un Nasello, vuol dire che devo stare attenta ai Polipi. C'è anche una canzone, che raccomanda ai Naselli di guardarsi dai Polipi.

– Bisogna stare in loro compagnia – singhiozzò la Finta Tartaruga.

– Bisogna! Nessun pesce prudente dovrebbe andare in giro senza essere accompagnato da un polipo.

– Davvero? – domandò Alice con grande sorpresa.

– Certo – confermò la Finta Tartaruga. – Se un Nasello venisse a dirmi che sta per mettersi in viaggio, gli direi...

– A proposito di viaggi –, intervenne il Grifone rivolgendosi ad Alice – raccontaci qualcuna delle *tue* avventure!

– Potrei raccontarvele... a cominciare da stamattina – disse

Alice impacciata. – È inutile cominciare da ieri, perché ieri ero un'altra.

– Un'altra? Spiegati! – disse la Finta Tartaruga.

– No, no! Prima le avventure – esclamò impaziente il Grifone. – Le spiegazioni sono sempre troppo lunghe.

Alice cominciò allora a raccontare le sue avventure dal momento in cui aveva visto per la prima volta il Coniglio Bianco. Ben presto però si sentì a disagio. Infatti i due animali le si erano fatti così vicini da una parte e dall'altra, con gli occhi e la bocca *spalancati*, che ci volle molto coraggio per continuare il racconto.

I due ascoltatori mantennero tuttavia un silenzio perfetto, fin quando Alice giunse al punto in cui aveva cantato al Bruco *Perché, papà Guglielmo*, e le parole le erano venute tutte diverse.

La Finta Tartaruga trasse un profondo sospiro e disse: – Molto strano!

– Più strano di quanto potrebbe sembrare! – aggiunse il Grifone.

– È venuto tutto diverso! – ripeteva pensosa la Finta Tartaruga. – Mi piacerebbe sentirti ripetere qualche altra cosa. Dille di cominciare.

Queste ultime parole erano dirette al Grifone, forse perché la Finta Tartaruga pensava che avesse autorità su Alice.

– Alzati e recita *la poesia del poltrone* – ordinò il Grifone.

– Qui tutti gli animali danno ordini e fanno ripetere le lezioni! – pensò Alice. – È peggio che stare a scuola!

In ogni modo si alzò e cominciò a recitare la poesia. Fece molta attenzione, ma fu inutile.

La povera Alice aveva la testa così piena di Merluzzi e di Aragoste, che non capiva più nemmeno quello che diceva. Ecco la poesia che ne venne fuori:

Io sono l'Aragosta e vi dichiaro
che il mio destino è veramente amaro.
Da questo lato sono troppo cotta,
voltatemi o mi troverete scotta.

Così dicendo muove i piedi e il naso,
purtroppo nessuno ci fa caso.
L'aragosta è così: se il mare è in secca
ha l'aria di chi vien dalla Mecca.

Sparla dei pescicani ed è contenta.
Ma se il mare s'ingrossa, allora attenta!
Il pescecane ritorna veloce
e l'aragosta ha perso la voce.

– Ma è tutta diversa da quella che recitavo da bambino! – disse il Grifone.

– Io non l'ho mai sentita... – disse a sua volta la Finta Tartaruga. – Ma mi sembra una filastrocca senza senso.

Alice non parlava. Seduta con la testa fra le mani, si chiedeva

se le cose sarebbero mai tornate come una volta.

– Spiegamela – disse la Finta Tartaruga.

– Non può spiegartela – intervenne acidamente il Grifone. – Recita la seconda strofa, adesso.

– E i piedi? – insistette la Finta Tartaruga. – Come faceva a muoverli insieme con il naso?

– È la prima figura del ballo – disse Alice. Ormai era tutta confusa per le cose che erano successe in lei e intorno a lei. Non desiderava altro che cambiare argomento.

– Recita la seconda strofa – ripeté il Grifone, impaziente. – Ti aiuto a cominciare: – *Passando nel giardino ...*

Alice non osò disobbedire. Ma ormai era certa che

non sarebbe stata capace di dire neppure un verso come andava detto.

Tuttavia cominciò con voce tremante:

Passando nel giardino, vidi con aria assorta,
il Gufo e la Pantera, divorare una torta...

– È inutile che ci reciti questa roba, se non ce la spieghi! È la poesia più sciocca che abbia mai sentita! – l'interruppe annoiata la Finta Tartaruga.

– Sì, è davvero meglio che tu la smetta! – esclamò il Grifone.

Alice obbedì e fu contenta di farlo.

– Vogliamo provare un'altra figura della Quadriglia delle Aragoste? – propose il Grifone.

– Oppure vuoi che la Finta Tartaruga ci canti una canzone? – domandò ad Alice.

– Sì, sì, una canzone, per piacere! Se la Finta Tartaruga vuole! – rispose Alice con tanta fretta che per poco il Grifone non si offese.

– Ehm! Tutti i gusti sono gusti... – commentò il Grifone con aria risentita. – Avanti, vecchia: se vuoi, canta la *Canzone della Zuppa*.

La Finta Tartaruga emise un gemito in un sorriso come sempre, e con voce soffocata dai singhiozzi cominciò:

Zuppa mia cara, zuppa tanto buona,
che nella tazza aspetti una padrona:
Chi non si ferma a sentire il tuo odore?
Chi non ama sentire il tuo sapore?
Zuppa mia cara, zuppa della sera,
zuppa mia cara, zuppa della sera,
zu-uppa della se-era zu-uppa della se-era
mia caa-ra zuppa, mia caa-ra zuppa mia cara.

I pesci e gli altri piatti prelibati
al tuo confronto non li ho mai gustati.
Zuppa mia cara, zuppa diletta,
fra tutti i cibi sei la prediletta.
Chi non darebbe ogni cosa per te?
Chi non darebbe ogni cosa per te?
Mia caa-ra zu-uppa mia caa-ra zu-uppa
zu-uppa della see-ra, zu-uppa mia caa-ra zu-uppa.

– Di nuovo il ritornello! – urlò il Grifone.

La Finta Tartaruga stava per obbedire quando da lontano si udì un grido: – Il processo incomincia!

– Vieni! – gridò il Grifone, prendendo Alice per una mano. E cominciò a correre senza aspettare che la Finta Tartaruga finisse la canzone.

– Che processo è? – domandò Alice correndo.

Il Grifone, sempre correndo, rispose soltanto: – Vieni!

E intanto correva sempre più veloce, mentre sempre più debolmente portata dal vento leggero, arrivava fino a loro la voce tremante della Finta Tartaruga:

Zu-uppa della see-ra, caa-ra,
mia caa-ra zu-uppa.

CAPITOLO UNDICI

Chi ha rubato le torte?

Arrivarono quando il Re e la Regina di Cuori erano già seduti sul trono. Intorno a loro c'era una folla enorme che mormorava.

Erano bestie e uccelli d'ogni tipo, mescolati a un numero imprecisato di personaggi usciti da un mazzo di carte. Davanti stava il Fante, incatenato. Al suo fianco c'erano due guardie.

Il Coniglio Bianco stava accanto al Re e teneva una trombetta nella destra e un rotolo di pergamena nella sinistra.

Al centro dell'Aula del Tribunale si vedeva un tavolo, sul quale c'era un grande vassoio pieno di torte che sembravano davvero squisite.

Ad Alice venne l'acquolina in bocca. – Spero che finiscano presto il processo e servano subito i rinfreschi – pensò. Ma non pareva che ci fossero molte probabilità che la sua speranza si avverasse.

Perciò Alice cominciò a guardarsi in giro per passare il tempo.

Prima d'allora Alice non era mai stata nell'Aula di un Tribunale, ma aveva letto molti libri e si accorse con piacere che sapeva il nome di quasi tutte le cose che vedeva. – Quello è il giudice –, disse – perché ha una grande parrucca.

Naturalmente il giudice era il Re. Siccome sulla parrucca aveva messo anche la corona, sembrava trovarsi a disagio.

Questo, a dire la verità, non si addiceva molto a un Sovrano.

"Quello è il banco dei giurati" pensava Alice "e quelle dodici creature (era costretta a dire *creature* perché alcuni erano quadrupedi e altri uccelli) credo siano proprio i giurati."

Così, orgogliosa di conoscere questa parola, la ripeté due o tre volte.

Infatti Alice era convinta (e non aveva torto) che fossero molto poche le bambine della sua età capaci di conoscere il significato di una parola tanto difficile. Se però invece di giurati li avesse chiamati *membri della giuria* sarebbe stato lo stesso.

I dodici giurati erano tutti intenti a scrivere su certe loro lavagnette.

– Che fanno? – mormorò Alice al Grifone. – Non dovrebbero avere nulla da scrivere, perché il processo non è ancora cominciato.

– Scrivono il loro nome – rispose il Grifone in un bisbiglio. – Hanno paura di dimenticarselo prima che il processo sia finito.

– Che stupidi! – disse forte Alice. Era indignata, ma si mise a tacere di colpo, perché il Coniglio Bianco aveva gridato: – Silenzio in Aula!

Il Re s'era messo gli occhiali e scrutava attentamente tra la folla, per scoprire chi avesse parlato.

Intanto Alice si accorse benissimo, forse anche meglio che se avesse sbirciato alle loro spalle, che tutti i giurati stavano scrivendo «stupidi» sulle lavagnette. Anzi si accorse anche che uno dei giurati, non sapendo come si scrive «stupidi», aveva dovuto chiedere aiuto al vicino. – Prima che il processo cominci, quelle lavagnette saranno piene di scarabocchi! – pensò Alice.

Uno dei giurati aveva un gessetto che strideva.

Naturalmente Alice *non* riusciva a sopportarlo e perciò si nascose dietro il giurato e, non appena le capitò l'occasione, gli rubò il gessetto. Lo fece con tanta rapidità che il povero piccolo giurato (si trattava di Bill, la Lucertola) non riuscì a rendersi conto di dove fosse finito il suo gessetto. Perciò dopo essersi girato da tutte le parti per ritrovarlo, fu costretto a scrivere con un dito per tutta la durata del processo.

Ma non gli servì molto, perché un dito non ha mai scritto su una lavagnetta.

– Araldo, leggi l'accusa! – disse in quel momento il Re.

A queste parole il Coniglio Bianco diede tre squilli di tromba, svolse il rotolo di pergamena e lesse:

La Regina di Cuori preparò le tartine
in un giorno d'estate:
ma il Furfante di Cuori, che rubò le tartine,
ora se l'è mangiate.

– Emettete il verdetto – disse il Re alla giuria.

– Non ancora, non ancora! – interruppe in tutta fretta il Coniglio.

– Manca ancora molto per arrivare al verdetto!

– Chiama il primo testimone – disse il Re.

Il Coniglio Bianco dette tre squilli di tromba e chiamò: – Primo testimone! – Il primo testimone era il Cappellaio. Egli si presentò tenendo una tazza da tè in una mano e un crostino imburrato nell'altra.

– Chiedo scusa a Vostra Maestà – cominciò – se mi presento con queste cose in mano, ma quando sono stato mandato a chiamare non avevo ancora finito di bere il mio tè.

– Avresti dovuto finire – rispose il Re. – Quando hai cominciato? – Il Cappellaio diede un'occhiata alla Lepre Marzolina che lo aveva seguito nell'Aula a braccetto con il Ghiro e disse:

– Il quattordici marzo, *mi pare.*

– Il quindici – corresse la Lepre Marzolina.

– Il sedici – precisò il Ghiro.

– Prendete nota – disse il Re, rivolto alla giuria. I giurati si affrettarono a scrivere sulle lavagnette tutt'e tre le date, fecero la somma e ridussero il totale in scellini e – pence.

– Togliti il cappello! – ordinò il Re al Cappellaio.

– Non è mio – confessò il Cappellaio.

– *Rubato!* – esclamò il Re, rivolto alla giuria. I giurati presero subito nota.

– Li tengo per venderli – spiegò il Cappellaio a sua giustificazione.

– Non ho cappelli miei. Sono un cappellaio.

A queste parole la Regina si mise gli occhiali e cominciò a fissare severa il Cappellaio, che divenne pallido e preoccupato.

– Fai la tua deposizione – ammonì il Re. – E non essere nervoso, altrimenti ti faccio decapitare immediatamente.

Evidentemente questa minaccia non servì a incoraggiare il testimone.

Egli cominciò a spostarsi tutto, una volta su un piede e una volta sull'altro, e guardava spaventato la Regina. Nella confusione addentò la tazza invece del crostino imburrato.

Proprio in quel momento Alice cominciò a provare una strana sensazione e non si sentì a suo agio se non quando riuscì a spiegarsene la ragione: cominciava a crescere di nuovo. In un primo tempo pensò di abbandonare subito l'Aula. Poi invece decise di restare dov'era finché ci fosse stato abbastanza spazio.

– Per favore, non spingermi così – le disse il Ghiro, che le stava accanto. – Non riesco neppure a respirare.

– Che ci posso fare? – rispose Alice con tono dimesso. – Sto crescendo.

– Non hai diritto di crescere *qui!*– esclamò il Ghiro.

– Non fare lo stupido – rispose Alice con più coraggio. – Tu credi di non crescere mai?

– Sì, ma *io cresco* poco alla volta – disse il Ghiro. – Non in quel modo ridicolo.

E, dette queste parole, si alzò indignato e andò dall'altro lato dell'Aula.

Intanto la Regina non aveva ancora finito di fissare il Cappellaio e, mentre il Ghiro attraversava l'Aula, ordinò a uno dei guardiani: – Portami la lista dei cantori dell'ultimo concerto! – L'ordine sconvolse enormemente il Cappellaio. Cominciò a tremare tanto forte che le scarpe gli sfuggirono dai piedi.

– Fai la tua deposizione! – ripeté il Re, infuriato. – Altrimenti ti farò decapitare, anche se tu non vuoi.

– Sono un poveretto, Maestà – cominciò a dire con voce tremante il Cappellaio. – Avevo appena cominciato a bere il tè... circa una settimana fa... e le fette di pane imburrato diventavano sempre più sottili... e il tremolio del tè...

– Il tremolio di *che?* – domandò il Re.

– Il tremolio *cominciò* col tè – tentò di spiegare il Cappellaio.

– Vorrai dire che comincia con T! – disse aspramente il Re. – Lo so, non sono un asino.

Continua!

– Sono un poveretto... – riprese il Cappellaio – ... subito dopo molte cose si misero a tremare... ma la Lepre Marzolina disse...

– Non l'ho detto! – interruppe in tutta fretta la Lepre Marzolina.

– L'hai detto! – ripeté il Cappellaio.

– Nego! – disse la Lepre.

– Lo nega – disse il Re. – Lascia perdere!

– A ogni modo... il Ghiro disse... – continuò il Cappellaio, guardando il Ghiro con ansia per vedere se anche lui avrebbe negato. Ma il Ghiro non negò niente, perché dormiva profondamente.

– Allora –, continuò con sollievo il Cappellaio – preparai una fetta di pane con il burro...

– Ma che aveva detto il Ghiro? – domandò uno dei giurati.

– Questo non lo ricordo – disse il Cappellaio.

– *Devi* ricordartelo – disse il Re. – Altrimenti ti farò decapitare. – Allora il disgraziato Cappellaio lasciò cadere la tazza e il pane, si mise in ginocchio e implorò: – Sono un poveretto, Maestà!

– Sei *proprio* un povero *inetto* – corresse il Re.

A questo punto uno dei Porcellini d'India applaudì, ma fu subito tacitato dalle guardie.

(Poiché «tacitato» è una parola difficile, vi spiegherò come fecero: c'era un grande sacco, che si chiudeva da un lato con dei lacci. Il Porcellino d'India fu ficcato là dentro, a testa in giù. Poi le guardie si sedettero tutte sul sacco).

– Sono contenta di averlo visto fare – pensò Alice. – Avevo letto spesso nei resoconti dei processi, sui giornali: – Vi fu qualche tentativo d'applauso, immediatamente tacitato dalle guardie –, ma finora non avevo mai capito che cosa significasse.

– Se non sai altro sulla questione –, disse il Re – scendi dalla pedana dei testimoni!

– Non posso scendere più di così – disse il Cappellaio. – Sono già sul pavimento.

– Allora puoi sederti – rispose il Re.

A questo punto l'altro Porcellino d'India, che si trovava nell'Aula, applaudì. Ma anche lui fu tacitato.

– Ormai non ci sono più Porcellini d'India! – pensò Alice. – Adesso si andrà avanti meglio.

– Piuttosto vorrei finire il mio tè – disse il Cappellaio, volgendo lo sguardo pieno di speranza verso la Regina, che stava scorrendo la lista dei cantori.

– Puoi andare – disse il Re. E il Cappellaio abbandonò subito l'Aula e non pensò neppure a rimettersi le scarpe.

– E tagliategli la testa – aggiunse la Regina, a uno dei guardiani.

Ma il Cappellaio era già scomparso quando il guardiano che l'inseguiva arrivò alla porta.

– Chiama il secondo testimone! – disse il Re.

Il secondo testimone era la cuoca della Duchessa. In mano teneva la scatola del pepe. Alice indovinò chi era prima ancora di vederla, per il fatto che tutti i presenti avevano cominciato a starnutire.

– Fai la tua deposizione – ordinò il Re.

– No – rispose la cuoca.

Il Re dette uno sguardo preoccupato al Coniglio Bianco, che gli disse a bassa voce: – Vostra Maestà deve interrogare *questo* testimone.

– Bene, se devo farlo, lo farò – disse malinconico il Re. Incrociò le braccia sul petto, corrugò le sopracciglia fino a nascondere gli occhi e, con voce profonda, domandò: – Di che cosa sono fatte le torte?

– Soprattutto di pepe – rispose la cuoca.

– Di melassa – mormorò una voce assonnata dietro di lei.

– Prendete quel Ghiro! – urlò allora la Regina. – Decapitatelo! Buttatelo fuori dall'Aula!

Sopprimetelo! Pizzicatelo! Strappategli i baffi! – Per qualche minuto nell'Aula ci fu lo scompiglio. Infine il Ghiro fu allontanato ma, quando l'ordine fu ristabilito, la cuoca era scomparsa. – Niente di male! – disse il Re con aria sollevata. Poi si volse al Coniglio e gli ordinò: – Chiama l'altro testimone! – E sottovoce disse alla Regina: – Per favore, cara, *dovresti* interrogare tu l'altro testimone. Io ho mal di testa! – Alice guardava il Coniglio Bianco, che scorreva attento la lista, curiosa di sapere chi sarebbe stato il nuovo testimone e che cosa avrebbe detto.

– ... Perché finora i testimoni non hanno detto niente di fondato – pensava.

Immaginate perciò quale fu la sua meraviglia quando il Coniglio Bianco, con la voce stridula, chiamò: – Alice! –

CAPITOLO DODICI

La testimonianza di Alice

Eccomi! – gridò Alice. Era tanto emozionata che, per un attimo, dimenticò di essere molto cresciuta in poco tempo e balzò in piedi con tanta furia che l'orlo del suo vestito rovesciò tutta la giuria.

Dal banco dove si trovavano, i giurati caddero tra la folla e vi rimasero infilati a gambe all'aria. Era un quadro molto buffo e Alice ricordò che qualcosa di simile le era capitato con una vaschetta di pesci rossi, da lei rovesciata la settimana prima.

– Vi *chiedo* scusa! – esclamò Alice con aria afflitta. Poi cominciò a tirarli su in tutta fretta, perché aveva davanti l'esempio dei pesciolini rossi e credeva che, se non avesse rimesso i giurati al loro posto al più presto, sarebbero morti asfissiati. – Il processo non può continuare – disse il Re con tono solenne – finché tutti i giurati non sono tornati al loro posto. *tutti* –, aggiunse guardando Alice severamente.

A queste parole Alice dette ancora un'occhiata al banco dei giurati e si accorse che nella fretta aveva messo la Lucertola a testa in giù.

La povera bestiolina agitava tristemente la coda, dato che non poteva fare altro.

Allora Alice l'afferrò e la raddrizzò. Ma intanto pensava: "Non era affatto importante. Il processo avrebbe avuto lo *stesso* svolgimento, in qualunque modo fosse messa la Lucertola."

Non appena i giurati si furono rimessi dallo spavento di quella caduta ed ebbero di nuovo in consegna gessetti e lavagnette, cominciarono a scrivere con grande diligenza una relazione sul loro capitombolo.

Tutti lo fecero, tranne la Lucertola, che sembrava enormemente occupata a guardare a bocca aperta il soffitto della sala.

– Che cosa sai su quest'affare? – domandò il Re ad Alice.

– Niente – disse Alice.

– *Proprio* niente? – insistette il Re.

– Proprio niente – confermò Alice.

– Questo è molto importante – disse il Re rivolto alla giuria. I giurati stavano già per scriverlo sulle loro lavagnette, quando il Coniglio Bianco intervenne: – Vostra Maestà vuol certamente dire che questo *non* è importante – suggerì con tono rispettoso ma aggrottando le sopracciglia e facendo continue smorfie al Re, mentre parlava.

– Naturale, naturale... *non* è importante, volevo dire – corresse il Re in fretta.

E continuò a ripetere sottovoce: – Importante... non importante... non importante... importante –, come per vedere quale delle due espressioni suonasse meglio.

Alcuni giurati così scrissero «importante», altri «non importante».

Alice vedeva, perché era abbastanza vicina per sbirciare sulle lavagnette. – Che importanza può avere? – si chiese.

In quel momento il Re, che intanto era stato occupato a segnare qualcosa su un taccuino, gridò: – Silenzio! – e lesse quello che aveva scritto: – Articolo quarantadue: *Tutte le persone alte più di un miglio devono lasciare l'aula.*

Tutti guardarono Alice.

– *Non* sono alta un miglio! – disse Alice.

– Lo sei – asserì il Re.

– Quasi due, anzi – corresse la Regina.

– Come volete. Io non me ne andrò in ogni caso – disse Alice. – Ma questa non è una vera legge. L'avete inventata voi adesso.

– È l'articolo più vecchio del codice! – disse il Re.

– Allora dovrebbe essere il numero uno! – rispose Alice.

Il Re impallidì per la rabbia e chiuse in tutta fretta il suo taccuino.

– Pronunciate il verdetto! – disse alla Giuria, con una voce profonda che tremava per la rabbia.

– Ci sono altre prove da discutere, se piace a Vostra Maestà – intervenne il Coniglio Bianco, balzando in piedi. – È stato trovato questo foglio proprio adesso.

– Che dice? – domandò la Regina.

– Non l'ho ancora aperto – rispose il Coniglio Bianco. – Ma sembra che sia una lettera dell'imputato a.... a qualcuno.

– Dev'essere proprio così – disse il Re. – A meno che non si tratti di una lettera scritta a nessuno: ma una cosa simile, è evidente, sarebbe del tutto anormale.

– A chi è indirizzata? – domandò uno dei membri della giuria.

– È senza indirizzo – rispose il Coniglio Bianco. – La busta è *bianca*.

Mentre parlava l'aprì e aggiunse: – Non è esattamente una lettera: sono dei versi.

– La calligrafia è quella dell'imputato? – domandò un altro membro della giuria.

– No – dichiarò il Coniglio Bianco. – E questa è la cosa più strana.

Tutti i giurati apparvero imbarazzati.

– Avrà imitato la calligrafia di qualcun altro – disse il Re. Allora i giurati apparvero rinfrancati.

– Agli ordini di Vostra Maestà – disse il Fante. – Io non ho scritto quella lettera e nessuno può provare che l'abbia fatto. E poi non c'è nessuna firma in fondo.

– Se non l'hai firmata –, disse il Re – il tuo delitto è ancora *più* grave. Vuol dire che avevi in mente qualche misfatto, altrimenti avresti firmato con il tuo nome e cognome, come fanno le persone oneste.

A queste parole ci fu, in aula, un applauso generale. E veramente, era questa la prima cosa sensata che il Re avesse detto quel giorno.

– E questo *prova* la sua colpa – disse la Regina.

– Questo non prova proprio niente! – esclamò Alice che era furiosa. – Non sapete neppure di che cosa si tratta!

– Leggete quei versi! – ordinò il Re.

Il Coniglio Bianco inforcò gli occhiali e disse: – Agli ordini di Vostra Maestà: da quale punto debbo iniziare?

– Inizia dall'inizio! – ordinò solennemente il Re. – E vai avanti fino alla fine; poi fermati.

Questi sono i versi che il Coniglio Bianco lesse tra il più assoluto silenzio:

– Mi dissero che andava lui da lei
ma da lui non mi vollero portare.
Quando lei mi incontrò disse: – Chi sei? –
ma s'accorse che non posso nuotare.

Mi mandò a dire di non ritornare
(noi sappiamo qual è la verità):
se lei s'incaricasse dell'affare
non so proprio che cosa t'accadrà.

A lei ne detti una, e loro due a lui,
e tu ne desti oltre tre a noi.
Ma ora dalle mani sue

son tornate tutte quante a me.

Se io o lei dovessimo trovarci insieme
in questo affare,
a ogni costo è necessario, ma senza impegnarci,
chiamar lui per rimetter tutto a posto.

Confesso che una volta ero convinto
(prima che lei avesse questo attacco)
che tu stesso ti fossi troppo spinto tra me e lei,
per metterci nel sacco.

Però non dirgli che lei sa già tutto,
perché questo deve essere un segreto.
Un segreto tra noi, senza costrutto,
inventato da un tipo un po' faceto.

– Questo è il più importante capo d'accusa che sia stato esaminato finora – disse il Re, fregandosi le mani. – Pertanto la giuria... –

– Se qualcuno mi sa dire che cosa significa –, disse Alice, (negli ultimi minuti era cresciuta tanto che non aveva più la minima paura a interrompere il Re) – gli darò sei pence. Per conto mio, ho l'impressione che in quella poesia non ci sia un briciolo di senso.

Tutti i giurati si affrettarono a scrivere sulle loro lavagnette: – *Lei* non crede che ci sia un briciolo di senso.

Nessuno però si provò a spiegare la poesia.

– Se non ha alcun senso –, disse il Re – ci risparmia parecchi fastidi, perché così non siamo costretti a cercarne uno. Tuttavia... tuttavia non so... – aggiunse sbirciando con un occhio il foglio con la poesia, dopo averlo poggiato su un ginocchio, – ... dopo tutto mi sembra che un significato ci sia... – *ma s'accorse che non posso nuotare...* Tu non puoi nuotare, vero? – continuò rivolto al Fante. Il Fante scosse tristemente la testa e domandò: – Vi sembra che possa farlo? – (No. Certamente egli non poteva nuotare, perché era fatto di solo cartoncino).

– Finora, dunque, va tutto bene – disse il Re. Poi continuò a borbottare i versi tra sé: – *Noi sappiamo qual è la verità* – questo è senz'altro per la giuria... – A lei ne detti una, e loro due – ... questa è la sorte che ha riservato alle torte...

– Però subito dopo dice anche che – dalle mani sue sono tornate tutte quante a me –, disse Alice.

– Infatti, eccole! – disse il Re, trionfante. E indicò le torte sul vassoio. – Niente di più chiaro.

E poi... – prima che lei avesse questo attacco – ... Hai mai avuto attacchi tu, mia cara? – soggiunse rivolto alla Regina.

– Mai! – rispose la Regina infuriata e tirò un calamaio addosso alla Lucertola. (Lo sfortunato piccolo Bill aveva smesso di scrivere con il dito sulla lavagnetta, perché si era accorto che non restava nessun segno. Adesso però ricominciò a scrivere in fretta e furia, servendosi dell'inchiostro che gli colava lungo il viso).

– Se non hai avuto attacchi, la poesia non *attacca* – aggiunse allora il Re. Posò sull'assemblea uno sguardo trionfante, ma nell'Aula si fece un silenzio mortale. – È un gioco di parole! – spiegò il Re, in tono offeso. Allora l'assemblea scoppiò in una risata fragorosa.

– La giuria emetta il verdetto! – urlò il Re per la ventesima volta o quasi.

– No, no! – gridò a sua volta la Regina. – La sentenza prima... il verdetto dopo!

– Stupida pazza! – disse forte Alice. – Che cretina! Vuole prima la sentenza!

– Zitta! – disse la Regina. E diventò paonazza.

– Neanche per sogno! – ribatté Alice.

– Tagliatele la testa! – urlò allora la Regina con tutto il fiato che aveva in gola. Ma nessuno si mosse.

– A chi credi di far paura? – disse Alice (ormai aveva raggiunto la sua statura normale), – Dopo tutto, non siete che un mazzo di carte! – Non aveva ancora finito di parlare, quando tutto il mazzo di carte si sollevò in aria e cominciò a volteggiarle intorno minaccioso. Alice ebbe un piccolo grido, un po' per la rabbia e un po' per la paura. Cercò di difendersi, di cacciarle via e.... si risvegliò sulla riva del fiume: aveva il capo posato sul grembo della sorella, la quale era intenta a toglierle dal viso le foglie secche cadute proprio allora da un albero.

– Svegliati, Alice – disse la sorella. – Che sonno lungo hai fatto!

– Oh, che strano sogno ho fatto! – mormorò Alice. E raccontò alla sorella le strane Avventure che avete appena finito di leggere. Quando poi Alice giunse alla fine della sua storia, la sorella la baciò dicendo: – È stato davvero uno strano sogno. Ma adesso corri a far merenda. È tardi.

Alice si alzò e si mise a correre più che poteva. Ma intanto pensava ancora al suo sogno meraviglioso.

La sorella rimase lì, seduta, a guardare il sole che tramontava. Poi appoggiò la testa sulla mano e pensò alla piccola Alice e alle sue meravigliose Avventure. Allora anche lei si abbandonò a un sogno, che adesso vi racconto.

Sognò la piccola Alice: le sue manine stringevano le ginocchia della sorella e i grandi occhi splendenti erano fissi nei suoi. Udì ancora il suono festoso della sua piccola voce, rivide il movimento della testa che gettava all'indietro i capelli ribelli, ostinati a voler *sempre* ricadere sugli occhi.

Mentre era intenta ad ascoltare la voce della sorellina, tutto intorno a lei si popolò delle strane creature del sogno di Alice.

L'erba folta si incurvava con un fruscio sotto il passo frettoloso del Coniglio Bianco... Il Topo spaventato nuotava in cerca di una via di scampo nello stagno vicino... si sentiva il tintinnio delle tazze da tè della Lepre Marzolina e dei suoi amici durante il loro pranzo senza fine. la voce acuta della Regina ordinava l'esecuzione dei suoi poveri invitati... il Porcellino starnutiva sulle ginocchia della strana Duchessa, mentre i piatti e le pentole volavano per aria... e ancora si udì nella quiete della sera il grido del Grifone, lo stridere del gessetto di Bill, gli applausi dei «tacitati» Porcellini d'India, confusi ai lontani singhiozzi dell'infelice Finta Tartaruga.

Restò così seduta, con gli occhi chiusi, e quasi credeva anche lei di trovarsi nel Paese delle Meraviglie. Eppure sapeva che sarebbe stato sufficiente aprire gli occhi per tornare alla sbiadita realtà senza fantasia delle persone grandi. L'erba si sarebbe incurvata solo sotto il vento... lo spavento del Topo nello stagno si sarebbe mutato nel fruscio sordo delle canne... il tintinnio delle tazze della Lepre Marzolina nel rumore delle campanelle di un gregge vicino... gli strilli rauchi e fieri della Regina nella voce di un esile pastorello... gli starnuti del bimbo, il grido del Grifone, e tutte le altre strane voci del sogno, si sarebbero mutate, ne era sicura, nel clamore del cortile di una fattoria, mentre il muggito lontano degli armenti si sarebbe sostituito a poco a poco ai disperati singhiozzi della Finta Tartaruga.

Alla fine tentò d'immaginare la sua sorellina nel tempo in cui sarebbe diventata donna: avrebbe conservato, attraverso gli anni più maturi, il cuore semplice e affettuoso di adesso?

Chissà se un giorno avrebbe raccolto intorno a sé altre bambine per far sì che i *loro* occhi brillassero come stelle al racconto del suo (ormai tanto lontano) viaggio nel Paese delle Meraviglie. Chissà se avrebbe saputo partecipare, ancora con lo stesso cuore, ai loro piccoli dispiaceri e alle loro semplici gioie, nel ricordo della sua vita di bambina e dei suoi felici giorni d'estate.

Lei era certa che Alice ne sarebbe stata capace.